KB042605

천마재생 7

초판 1쇄 인쇄일 2015년 7월 28일 | **초판 1쇄 발행일** 2015년 7월 31일

지은이 태규 | **펴낸이** 곽중열 | **담당편집 팀장** 이범수
편집부 신연제 이윤아 김호성 김은경

펴낸곳 (주) 조은세상 | 출판등록 제 2002-23호
주소 경기도 연천군 미산면 청정로 1355
TEL 편집부 02)587-2966 | FAX 02)587-2922
e-mail bukdu@comics21c.co.kr

ⓒ태규 2015
ISBN 979-11-5512-197-0 | ISBN 979-11-5512-983-8(set) | 값 8,000원

태규太규 무협 장편소설

천마재생

NEO ORIENTAL FANTASY STORY

7

天魔再生

북두
(주)종ㄴ세사

NEO ORIENTAL FANTASY STORY

天魔再生

第六十一章.

어디에든 있고, 어디에도 없지

第六十一章.

어디에든 있고, 어디에도 없지

　광일궁주의 거처로 이어지는 통로는 길고 복잡하기만
했다.

　혹시 광일궁주를 노리고 잠입한 자객이 있다고 해도, 이
미로같은 통로를 벗어나지 못해 굶어 죽지 않을까 하는 생
각이 들 정도이다.

　하지만 강위는 걱정할 부분이 아니었다.

　안내인이 한 명도 아니고, 둘이나 있으니까 말이다.

　강위는 이따금 자신의 양 쪽에서 호위하듯이 걷고 있는
암막단주와 가매마량을 힐끔거렸다.

　그들의 호위가 든든하다기보다, 가시밭길 위를 맨발로
걷는 것 마냥 불편하기만 했다.

9

형장의 이슬이 되기 위해 간수에게 끌려가는 죄인의 기분이 이렇지 않을까?

오륜마교 최대 파벌인 광일본가에서 열 손가락 안에 드는 권력자를 둘이나 끼고 걷고 있는 자신의 처지가 믿기지 않았다.

하지만 두렵지는 않았다.

이 두 사람 정도와는 비교도 할 수 없는 존재가 강위의 뒤에 버티고 있기 때문이었다.

이들이 서로를 향한 견제를 멈추고, 갑자기 뜻을 함께하는 동료라는 듯이 굴고 있는 이유.

그 이유가 바로 수라천마 장후가 자신의 입을 빌려서 뱉은 몇 마디 말 때문이라는 것 정도는 강위도 눈치 채고 있었다.

'다섯 교주님들께서 어디에 있을까요?' 라고 하셨지?

다섯 교주들이 어디에 있는지 안다는 뜻으로 들렸으리라.

'정말 알고 있을까?'

수라천마 장후라면 알고 있을지 모른다.

'교주님들이라.'

강위의 몸이 부르르 떨렸다.

그는 교주들에 관한 기억이 거의 없다.

하지만 교주들이 오륜마교를 어찌 다스렸는지를 잘 알

고 있기에, 그들을 떠올리기만 해도 몸이 떨려왔다.

그들은 신앙과 공포의 상징이었다.

그런데 어느 날, 교주들이 사라졌다.

그리고 오년이라는 시간이 훌쩍 지났다.

교주의 부재가 이렇게 길거라고 생각하지 못했기에, 첫 이년동안은 간부들 중 그 누구도 움직이지 않았다.

하지만 삼년 째가 되며, 암야궁주가 먼저 세력을 확장하기 시작했다.

거의 동시에 광일궁주가 움직였다.

눈 깜짝할 사이에 암야궁주와 광일궁주는 흑산을 반분해 버렸고, 시기를 놓친 다른 궁주들은 어쩔 수없이 연합하여 제 삼의 세력인 오륜종가를 이루었다.

그리고 이제는 이 세 개의 세력이 의견을 충돌과 교류를 거듭하며, 오륜마교를 이끌고 있었다.

오륜마교라는 거대한 세력을 운용하려면 일원화된 지휘체제와 직관적인 명령체제가 필요하다.

하지만 이렇게 세 개의 세력이 균형을 이루어 다스리고 있으니, 각 지부와 지단은 우왕좌왕할 수밖에 없었다.

바로 이 점이 최근 오년 동안 제협회와의 분쟁에서 항상 무기력한 모습을 보였던 가장 큰 이유이기도 했다.

어찌 되었건 현 오륜마교는 광일본가와 암야회, 그리고 오륜종가의 것이다.

11

때문에 세 세력은 교주들의 귀환을 바라지 않는다.

아니, 바랄 수가 없는 입장이다.

그런데 나 같은, 그러니까 강위라는 꼬맹이가 교주들의 위치에 관한 정보를 들고 왔다.

다루기에 따라, 현 오륜마교의 체제를 뒤집을 수도 있는 정보이다.

'광일궁주께서는 이 정보를 어떻게 사용하려 할까?'

강위의 귀로 수라천마 장후의 목소리가 울린다.

-뻔하지. 이 광일본가라는 패거리는 예상한 대로 물이 가득 찬 그릇과 같으니까. 그 때문에 광일궁주에게 선택지는 없다.

물이 가득찬 그릇이라.

'무슨 뜻일까?'

강위는 묻고 싶었지만 참았다.

수라천마 장후는 생각의 끈을 놓지 말아야 한다고 조언해 주었다.

스스로 궁리하고, 고민하여, 찾아내야만 나의 것이 될 수 있다는 뜻이다.

'생각하자. 강위야, 생각해 내!'

물이 가득찬 그릇은 더는 담길 공간이 없다.

괜히 물을 쏟아 넣었다가는 그저 넘칠 뿐이다.

하지만 광일본가는 계속 물이 끊임없이 들어오는 그릇이다.

'그릇을 넓히거나, 더 만들어야겠지.'

그것이 광일궁주의 입장이다.

하지만 세력 간의 균형이 이룬 지금, 딱히 방법이 없다.

'그렇다면 담긴 물은? 어떻게든 넘쳐흐르지 않기 위해 밑으로 파고들어야겠지.'

이것이 가매마랑과 암막단주의 입장이다.

그렇기에 내분과 암투를 벌이고 있는 것이다.

그런데 갑자기 가매마랑과 암막단주가 손을 잡았다면?

'첫 번째는 내가 가진 교주들의 위치라는 정보가 가장 깊게 잠길 수 있는 무게를 줄 수도 있겠다는 판단일 거고, 두 번째가 광일궁주를 자극하여 이 광일본가라는 그릇을 넓힐 수 있을 거라는 기대, 아닐까?'

수라천마 장후의 목소리가 울린다.

-나쁘지 않구나. 하지만 한 가지가 더 있다.

강위는 침을 꿀꺽 삼켰다.

'한 가지가 더요? 무엇입니까?'

13

-잘 이용하면 광일궁주와 암야궁주를 넘어서 오륜마교의 유일한 절대자로 등극할 수 있을 것이라는 야망.

강위는 고개를 젓고 싶었다.
'그럴 리가요.'

-전쟁이란, 모든 걸 쓸어버린다. 쓸린 자리는 주인이 없다. 가장 먼저 기둥을 세우고 지붕을 얻는 놈이 바로 임자이지.

강위는 다시 침을 꿀꺽 삼켰다.
'오륜마교의 정점까지 꿈꾸고 있다고?'
무덤덤한 얼굴로 걷고 있는 가매마랑과 암막단주가 달리 보였다.
그 순간, 수라천마 장후의 목소리가 울렸다.

-그 임자가 너일 수도 있다는 거야.

깜짝 놀란 강위의 눈이 찢어질 듯이 크게 벌어졌다. 그러며 저도 모르게 툭 뱉었다.
"나?"
가매마랑과 암막단주의 고개가 그를 향해 돌아갔다.

가매마랑이 물었다.

"뭐가 너?"

강위는 고개를 살짝 저었다.

"아무것도 아닙니다."

가매마랑의 눈이 얇아진다. 뭔가를 찾겠다는 듯한 눈초리였다.

하지만 강위는 억지로 담담한 표정을 유지하며 앞만 바라보았다.

그러며 마음속으로 속삭였다.

'저라고요?'

수라천마 장후의 목소리가 울린다.

―왜? 네가 안 될 이유가 있나?

이유는 많다.

아직 어리고, 능력도 부족하고, 세력은 일천하고…….

하지만 강위는 그 많은 이유를 대기는 싫었다.

그래서는 안 될 것 같았다.

멀리 강렬한 빛살이 쏟아진다.

그 순간 암막단주가 말했다.

"저곳이 바로 광일단(光日壇)이다."

광일단.

15

광일궁주의 거처라고 알려진 곳.

강위는 침을 꿀꺽 삼켰다.

†

광일궁주.

팔대궁주 중 서열 일위이며, 오륜마교 내에서 가장 강대한 세력인 광일본가를 구축한 거물.

강호무림은 그를 광일마군(光日魔君)이라고도 불린다.

정파무림의 연합체 제협회에서 그를 평가하기를, 오륜마교의 권력자 중에서 그나마 대화가 통하는 사람이라고 한다.

하지만 그를 잘 아는 오륜마교 간부들의 평가는 정반대이다.

가장 말이 통하지 않는 사람이 바로 광일마군이었다.

그는 모든 일을 홀로 결정을 내린다.

수족을 자처하는 이들의 건의를 받아들이는 적이 없고, 의견을 나누는 적도 없다.

그렇기에 무모한 짓을 벌이다가 실패하는 경우가 잦았다.

그때마다 광일마군은 측근 수하 중 한 명을 선택하여 실패의 이유를 뒤집어씌운 후 죽인다.

그런데 어이없게도 일반교도들은 반대로 알아서 광일마군이 측근들에 의해 종종 이용당하는 인자한 인물이라고 여긴다.

일반교도들이 가장 존경하는 권력자가 바로 광일마군이라고 할 정도이다.

그럼에도 그를 욕하는 간부는 없다.

오히려 능력이 있는 이들은 가장 먼저 광일마군을 찾아온다.

그가 가진 것이 가장 많기 때문이고, 다른 세력과 달리 빈자리가 항상 나오기 때문이었다.

광일마군의 독단에 이용당하지 않고, 오히려 이용하리라는 자신감 때문인지도 모른다.

하지만 그건 자신감이 아니라, 오만함이었음을 얼마 지나지 않아 깨닫게 되고 만다.

광일마군이라는 사람이 얼마나 거칠고 험난한 항해 끝에 이 자리에 올라섰는지를 염두에 두지 않은 야망이니까.

'이 사람이 광일마군이신가?'

강위는 침을 꿀꺽 삼켰다. 그는 오륜마교 내 제일가는 기재라고 불릴 정도로 유명했지만, 단 한 번도 광일마군을 볼 기회를 가질 수가 없었다.

그저 멀리서 뒷모습이나 몇 차례 본 것이 전부였다.

강위는 눈동자가 굴려, 광일궁주의 용모를 살펴보았다.

밀었는지, 아니면 본래 없는지 모르겠지만, 머리카락은 한 올도 붙어있지 않았다. 그 대신 수염이 땅에 닿을 정도로 길었다.

그리고 어깨가 보통 사람보다 반배쯤은 더 넓은 것만 같았다.

그 외에는 딱히 눈에 띌 구석이 없었다.

광일궁주가 말했다.

"네가 강위냐?"

그제야 강위는 급히 몸을 숙여 절했다.

"강위가 광일궁주님을 뵙습니다."

"일어나거라."

강위는 바로 일어나 자세를 정돈했다.

광일궁주가 찬찬히 강위의 얼굴을 살펴본 후 말했다.

"진제를 많이 닮았구나."

진제.

강위의 선친인 강진을 뜻함이다.

강위가 다시 절했다.

"항상 신경을 써 주시어서 감사합니다."

강위는 팔대궁주를 마주한 적이 없지만, 그들의 배려로 오륜마교 내의 후기지수로 성장할 수 있었음은 알고 있었다.

물론 그러한 배려가 같은 백궁출신이었던 선친인 강진

과 얽힌 추억에 대한 감상 정도에 불과할 테지만, 고마운
건 고마운 것이었다.

광일궁주가 가볍게 고개를 끄덕였다.

"잘 컸구나."

그의 시선이 강위의 뒤편에 공손한 자세로 서 있는 가매
마랑과 암막단주를 향했다.

"삼천 명이나 끌고 올 정도로, 잘 컸어."

강위의 눈썹이 좁혀졌다.

'삼천 명을 끌고 왔다?'

무슨 뜻일까?

수라천마의 목소리가 울린다.

―오호. 저 늑대 같은 꼬맹이와 붕대를 휘감은 녀석이 삼
천 명이나 끌고 다녀? 제법이구나.

광일궁주가 말했다.

"네 아비가 기억나느냐?"

강위는 고개를 살짝 저었다.

"아니요. 너무 어려서 돌아가신 터라 기억이 거의 없습
니다. 다만 남겨주신 기록을 통해 많은 것을 배웠을 뿐입
니다."

광일궁주가 살짝 고개를 끄덕였다. 그러며 부드럽고 친근

천마재생

한 어조로 말했다.

"그래, 그래서로군. 네 아비에게 일찍 죽는 법도 배운 것이로구나."

강위의 몸이 딱딱하게 굳었다.

광일궁주는 여전히 친근하고 부드러운 목소리로 말했다.

"너를 네게 오라 한 건, 너를 가르쳐보기 위함이었다. 네가 그 성륜원 출신의 사모임인 성륜연의 대장노릇을 하고 있다는 이야기는 얼핏 들었지만, 그게 뭐 대수라고. 그런데 내 심정도 모르고 어깨에 힘이 들어간 모양이구나. 감히 나와 거래를 하려 하다니."

강위는 입술을 깨물었다.

죽는다, 라는 생각과 함께 공포로 머리가 하얗게 비워갔다.

"하지만 그리 나쁘지는 않구나. 저 약삭빠른 녀석들을 엮어서 등 뒤에 세울 정도라면, 얘기 정도는 들어주지."

강위는 무슨 말을 해야 할까 몰라, 입만 뻐끔거렸다.

그 순간 수라천마 장후가 그를 조종하여 말했다.

"교주님들이 왜 실종되었으며, 어디에 계신지 알고 있습니다."

"그래? 할 말은 그게 전부이냐? 그럼 진제에게 안부를 전해주어라."

광일궁주의 손이 올라갔다. 그리고 강위의 정수리를 향해 내려가려는 찰나, 강위의 입이 벌어졌다.

"다만 다섯째 교주님만은 어디에 계신지는 모릅니다."

광일궁주가 올렸던 손을 천천히 내렸다. 그리고 놀랍다는 듯이 속삭여 물었다.

"정말 아는 구나?"

강위의 입매가 올라갔다.

"궁주님. 비밀은 없습니다."

"그렇지. 비밀은 없지. 다만 지켜지기에 유지 될 수 있지."

"고작 저 같은 녀석이 알게 되었습니다. 더는 유지되지 않는다는 것이지요."

"그렇군. 누가 더 알지?"

"저는 오헌상의 목을 잘라 왔습니다."

"고작 오헌상이라……. 꽤나 많이 퍼졌다는 건데."

광일궁주의 눈빛이 암담해졌다.

뒤에 있는 가매마랑과 암막단주는 두 사람의 대화가 무슨 뜻인지 알 수가 없어, 그저 바라보기만 할 뿐이었다.

침묵을 고수한 채, 생각에 잠겨 있던 광일궁주가 갑자기 입을 벌려 물었다.

"네 교주님들은 어디에 있느냐?"

강위가 말했다.

"역시 다섯 째 교주님께서는 여기에 계시는 군요."

광일궁주가 크게 고개를 끄덕였다.

"그래. 내가 그분을 가두었다!"

그 순간 가매마랑과 암막단주의 눈이 찢어질 듯 벌어졌다.

광일궁주가 교주를 가두었다?

그렇다면, 교주들이 갑자기 실종된 이유가!

광일궁주의 시선이 강위를 벗어나, 가매마랑과 암막단주를 향했다.

"맞아. 너희가 생각하는 대로이지. 아무도 알아서는 안 될 비밀이기도 하고."

가매마랑과 암막단주는 저도 모르게 파르르 떨었다.

기회라고 여겼는데, 알고 보니 죽음에 이르는 낭떠러지였다.

그 순간 강위가 말했다.

"네 분의 교주님은 암야궁주에게 있습니다."

광일궁주가 외치듯 말했다.

"뭐라고? 그렇다면!"

강위가 고개를 끄덕였다.

"맞습니다. 생각하시는 그대로입니다. 그가 당신을 배신했습니다."

'배신?'

듣고만 있던 가매마랑과 암막단주의 몸이 파르르 떨렸다.

배신이라는 두 글자가 주는 암울하고 섬뜩한 느낌 때문이었다.

성공한 배신은 배신이라고 불리지 않는다.

혁명이며, 승리라는 이름으로 대체되기 때문이다.

그렇기에 누군가의 입에서 배신이 배신이라고 불리는 순간, 단 한 경우뿐이다.

피의 응징이 시작된다는 예고!

'시체가 제법 쌓이겠어.'

가매마랑과 암막단주의 머리가 빠르게 돌아갔다.

그렇다면 '그' 라는 배신자란 누구를 지칭하는 걸까?

다섯째 교주?

아니면, 암야궁주?

그도 아니면 네 명의 교주?

그들마저도 아니면, 또 어떤 누군가?

알 수가 없다.

그보다 중요한 건, 광일궁주가 배신자와 함께 무엇을 꾸몄던 것이 무엇이냐는 것이다.

그리고 가매마랑과 암막단주의 입장에서 더 중요한 건, 그걸 알아도 되냐는 것이었다.

권력자는 측근에게 일부러 치부나 약점을 드러내 보이곤 한다.

신뢰를 줌으로써, 유대를 좀 더 공고히 하기 위한 방법 중의 하나이다.

하지만 이 경우는 전혀 달랐다.

일부러 드러낸 게 아니라, 들춰낸 것에 가까우니까.

이런 경우는 신뢰와 유대가 아무리 깊은 최측근이고 해도, 대부분 죽는다.

가매마랑과 암막단주는 서로를 향해 눈을 돌렸다. 그들은 눈빛과 눈짓으로 서로에게 물었다.

무슨 방법이 없느냐고.

차라리 도망치는 게 낫지 않느냐고.

하지만 두 사람의 눈빛과 눈짓에는 질문만이 난무할 뿐, 대답은 없었다.

그때, 광일궁주의 짜증어린 목소리가 울렸다.

"거기, 너희 둘. 정신 사나우니까 머리 좀 그만 굴리어라."

가매마랑과 암막단주는 급히 머리를 숙였다.

광일궁주는 매섭게 강위를 노려보았다.

그의 눈빛은 여기까지 오던 중 가매마랑이 보였던 것과

닮았지만, 느껴지는 압박감은 비교할 만한 것이 아니었다.

송곳과 창의 차이랄까?

하지만 강위는 조금도 주눅 들지 않은 듯, 담담히 그의 시선을 마주 대했다.

수라천마 장후에게 조종을 받고 있기 때문이었다.

잠시의 시간이 흐르고, 광일궁주의 입이 열렸다.

"뭘 아느냐?"

강위가 말했다.

"어디까지 알아야 살려주실 겁니까?"

광일궁주의 입매가 씰룩거렸다.

"난 말을 길게 끄는 걸 싫어해. 복잡하게 꼬는 것도 싫어하고. 쉽고 빠르게, 그리고 짧고 간단하게! 묻는 말에나 확실히 대답해라. 그럼 살려는 주마."

강위는 고개를 끄덕였다.

"알겠습니다."

"다시 묻는다. 뭘 아느냐?"

"다 압니다."

광일궁주의 얼굴이 일그러졌다.

그러자 강위가 설명하는 말을 이었다.

"쉽고 빠르게, 그리고 짧고 간단하게. 확실히 대답해 드린 겁니다. 전, 다 알고 있습니다."

"다? 뭐가 다이냐?"

"좀 길어질 텐데요. 그래도 괜찮습니까?"

"상관없다. 말해 보거라."

강위가 짧은 한숨을 내쉰 후, 입을 열었다.

"교주님들께서 실종되신 건, 오 년 전이 아니라 사 년 전입니다. 당시 교주님들께서는 암중세력이 교내에 잠식해 들어오고 있다는 것을 눈치 채시고, 그들의 정체를 밝혀내시었습니다. 그들의 정체는 집마맹."

그 순간 광일궁주의 눈이 빛났다.

강위는 설명을 멈추고, 그의 눈치를 살폈다.

"너무 깁니까?"

광일궁주가 말했다.

"아니. 계속 하거라."

"네. 교주님들께서는 그들을 몰아내기보다는 깊숙이 끌어들여 한 번에 일망타진하겠다고 생각하시었습니다. 하기에 여덟 궁주님들에게만 알리고, 일 년에 걸쳐 조심스럽게 작전을 지휘하시었지요. 하지만 막상 계획한 날이 닥치자, 다섯 교주님들은 집마맹에의해 쫓겨야 했습니다. 바로……."

광일궁주가 차가운 목소리로 이어 붙였다.

"우리 팔대궁주가 집마맹과 손을 잡고 교주님들의 등을 칼로 찍었기 때문이지."

말없이 듣고만 있던, 가매마랑과 암막단주가 몸을 부르

르 떨었다.

다섯 교주가 스스로 모습을 감춘 게 아니라, 팔대궁주와 집마맹의 야합에 당한 것이었다니!

이건 결코 알아서는 안 될 비밀이었다.

'젠장. 죽겠어.'

두 사람의 뇌리에 스친 생각이었다.

광일궁주가 변명하듯 말을 이어갔다.

"틈을 보인 교주님들의 실수이지. 알지 않느냐? 우리 오륜마교는 오직 승자만이 살아남는다. 우리는 승자가 되고자 했을 뿐이야."

강위가 말했다.

"하지만 확실히 찌르지 못했지요. 막내 교주님만을 제외한 네 분의 교주님들은 도주하고 말았으니까요."

광일궁주는 혀를 찼다.

"쯧쯧. 집마맹 놈들 때문이야. 놈들은 교주님들을 너무 몰랐어. 하기야, 네 분 교주님들이 막내 교주님을 방패로 삼을 것이라고는 우리도 몰랐지."

"그리고 궁주님들은 갈라졌습니다."

"그래. 암야를 제외한 다른 녀석들은 겁이나 숨었지. 네 교주님들이 은밀히 접선을 해왔던 모양이야."

"하지만 궁주님과 암야궁주님은 결속을 더욱 공고히 하셨지요."

27

가매마랑과 암막단주의 눈매가 꿈틀거렸다.

암야궁주와 결속을 더욱 공고히 했다고?

현재 오륜마교의 패권을 둘러싸고, 가장 치열히 싸우고 있는 집단이 광일본가와 암야회였다.

그런데 뭐가 결속을 공고히 했다는 건가?

가매마랑과 암막단주는 거의 동시에 입을 벌리며, 아, 하고 짧은 탄성을 뱉었다.

겉과 속을 분리한 것이다.

겉으로는 다투는 척하지만 속에서는 손을 굳게 붙잡고, 여섯 궁주의 연합세력인 오륜종가를 압박해왔던 것이다.

왜?

분열된 모습을 보여서 오륜종가와 은밀히 활동하고 있는 네 교주의 방심을 유도하기 위함이리라.

강위가 말했다.

"이제부터가 궁주님은 모르고 제가 아는 이야기입니다. 암야궁주가 배신했습니다. 네 명의 교주님들에게 회유되었습니다."

광일궁주가 코웃음 쳤다.

"너를 어찌 믿느냐?"

"믿지 않으셔도 됩니다. 저는 그저 제가 아는 바만을 숨김없이 말씀드릴 뿐입니다."

"암야가 이제와 왜 나를 배신한다는 거냐? 우리는 이미 오륜마교를 장악했다. 교주들이 직접 나선다고 해도, 제대로 어울려 볼만한 발판이 마련되었다는 게야. 그런데 나를 배신하고 굳이 교주들에게 다시 붙을 이유가 뭐라는 거냐?"

"교주님들이 암야궁주께 교주 위를 이양하겠다고 약조했습니다."

광일궁주가 입을 쩍 벌렸다.

"푸하하하하하하하하핫!"

잠시 후 광일궁주가 웃음을 거두고, 두 눈에 불꽃을 뿜었다.

"재밌었다. 나름 정말일지도 모른다고 생각될 정도였어. 하지만 아이야, 너는 그림을 잘 그릴 줄은 알아도, 끝까지 그리지는 못하는구나. 아직 어리기 때문이겠지? 상황은 충분히 납득할 만 하다. 아귀가 딱딱 들어맞아. 하지만, 한 가지. 사람에게는 절대 변하지 않는 근간이 있다. 그 어떤 욕망이나, 이해득실로도 계산할 수 없는 부분이지. 교주님들은 죽으면 죽었지, 절대 권좌를 놓지 않아!"

광일궁주의 수염이 붉게 물들어 갔다.

그가 독문무공을 사용하기 전에 벌어지는 현상이었다.

"너의 공을 치하하는 의미로, 내 손으로 직접 죽여주마."

그렇게 말하며, 광일궁주는 강위를 향해 다가갔다.

천마재생

그 순간 강위의 입이 벌어졌다.

"제가 이 모든 비밀을 어찌 알았다고 여기십니까?"

"알고 싶지 않다. 이제 네 놈은 나를 희롱한 대가로 그저 죽으면 된다."

강위가 어깨를 으쓱하더니, 눈을 감았다.

"알겠습니다. 죽이십시오."

그 사이 광일궁주가 강위의 앞에 이르렀다. 그리고 불타 오르는 손을 강위의 정수리를 향해 뻗었다.

하지만 광일궁주의 손은 뚝 멈추더니, 스르르 아래로 내려갔다.

"눈을 떠라."

강위는 두 눈을 떴다.

광일궁주가 강위의 눈을 노려보며 물었다.

"어떻게 알았느냐?"

"그 분께 들었습니다."

"그 분이 누구이더냐?"

"그 분입니다."

"제대로 대답하란 말이다. 그 분이 대체 누구……."

광일궁주가 말을 맺지 못하고, 입을 쩍 벌렸다. 두 눈 역시 찢어질 듯 벌어졌다.

"서, 설마?"

강위가 고개를 끄덕였다.

"네. 그 분입니다."

"그 분이 여기에 계신 것이냐?"

"모릅니다. 아시지 않습니까?"

광일궁주가 심각한 표정으로 고개를 끄덕였다.

"알지. 그 분은 어디에든 있고, 어디에도 없지."

그렇게 혼잣말처럼 중얼거린 광일궁주는 비틀비틀 뒤로 물러서며, 머리를 붙잡았다.

"그렇군. 그래서였어. 그 분께서 자신을 배신한 교주님들을 드디어 징치하려 하시는 구나. 그러면 말이 되지. 그 분이 오시면, 그 분이……. 어허. 어쩐다?"

광일궁주는 강위를 향해 빠르게 물었다.

"전언이 있느냐?"

강위는 고개를 저었다.

"없습니다. 다만 암야궁주의 배신을 알리라 하셨을 뿐입니다."

"그렇군. 그렇다면? 당하기 전에 먼저 쳐야겠지."

광일궁주가 그렇게 속삭인 후, 가매마랑과 암막단주에게 시선을 두었다.

"십양(十陽)은 하나도 빠짐없이 모이라고 하라."

십양이란 가매마랑과 암막단주를 포함한 광일본가의 간부들을 부르는 명칭이었다.

가매마랑과 암막단주는 급히 고개를 숙인 후, 바람처럼

31

사라졌다.

광일궁주가 자신의 자리로 다가가, 털썩 앉으며 중얼거렸다.

"오늘이었군."

고개를 들어 천장을 바라보며 다시 말을 잇는다.

"오늘이 바로 그 날이었어. 아무리 꾸며봤자, 정하는 건 하늘이고 운명이지. 그래, 오늘이 바로 운명이 정한 날이로구나."

강위의 입이 벌어졌다.

"아, 한 가지. 명분을 챙기라 하셨습니다."

"명분? 무슨 명분을 어떻게? 아!"

광일궁주는 벌떡 일어났다.

"막내 교주님을 뵌 지가 꽤 되었군. 이 기쁜 소식을 알려 드려야겠어."

강위가 말했다.

"도움도 좀 받고요."

"그렇지."

광일궁주는 고개를 돌려 강위를 지그시 바라보았다.

그러자 강위가 빙긋 웃었다.

"괜찮습니다. 아시지 않습니까? 저를 죽인다고 해도, 그분은 노여워하지 않습니다."

"아니. 몰라. 그 누가 그 분을 알겠나. 따라 오거라. 함께 막내 교주님께 가자꾸나."

강위가 고개를 끄덕였다.

광일궁주는 강위를 기다리지 않고 먼저 걸어갔다. 그 뒤를 따라 걸음을 내딛던 강위는 두 걸음을 옮기기 전에 휘청하며 무릎을 굽혔다.

수라천마 장후의 조종이 풀렸기 때문이었다.

숨이 거칠어졌다.

잠시 사이에 천당과 지옥을 오간 기분이었다.

그 보다 그를 힘들게 하는 건, 지금까지 수라천마 장후가 자신의 입을 빌려 했던 이야기는 모두 즉흥적으로 지어낸 것이라는 걸 알기 때문이었다.

수라천마는 말을 하면서도 광일궁주를 비웃고 있었다.

단지 짐작한 부분을 던졌을 뿐이고, 광일궁주는 미끼랍시고 물며 제 비밀을 떠들어 댔다. 그리고 말을 덧붙여 광일궁주를 원하는 방향으로 유도했다.

수라천마의 목소리가 울린다.

-알겠느냐? 전쟁에서 마주하여 싸우는 건 하책, 옆에 두고 같은 방향을 보게 만드는 것은 중책이지.

'그러면 상책은 뭡니까?'

천마재생

―싸우지 않고 무너트리는 것이지.

강위는 침을 꿀꺽 삼켰다.

권력자들은 하나같이 그림을 그린다.

크고 화려하게.

그렇게 자신 만의 세상을 늘여간다.

하지만 이 수라천마 장후라는 절대자는 그림을 그리지 않는다.

남들의 그림을 모으고 이어붙이고, 혹은 지워서, 하나로 만들 뿐이다.

그리고 말하겠지.

이게 바로 나의 그림이라고.

다른 세상을 사는 것만 같았다.

"내가 언제까지 너를 기다려야 하느냐?"

광일궁주의 짜증어린 목소리에 들려오자, 강위는 생각을 끊고 빠르게 발을 옮겼다.

그러자 광일궁주는 다시 앞으로 걸어갔다.

그의 등을 바라보며 강위는 생각했다.

'광일궁주가 저렇게 작았나?'

분명 하늘에 닿을 듯이 크고 웅대했던 것 같은데…….

광일궁주를 따라 강위가 도착한 곳은 새하얀 공간이었다.

앞과 뒤, 왼쪽과 오른쪽, 하늘과 땅까지 온통 하얗기만
했다.

강위는 뒤를 돌아보았다. 자신이 들어왔던 입구는 어느
새 사라져 있었다.

벽과 바닥을 구분하기조차 힘들었다. 시간조차 흐르지
않는 듯했다.

먼지 한 톨조차 보이지 않는다.

하지만 깨끗하다는 느낌보다는 섬뜩하다는 기분을 들었
다.

광일궁주가 말했다.

"백화경(白顯鏡)이라는 불리는 곳이다. 백궁의 수련관
중 하나였지."

"수련이요?"

"그래, 마음의 수련. 육체의 상처란 약을 바르고 붕대를
감싸면 나을 수 있지. 하지만 마음은 쉽게 낫지 않아. 이
백화경은 마음을 찢고, 부수고, 조각내고, 짓밟지. 우리는
미치지 않기 위해 강해져야 했다."

강위는 침을 꿀꺽 삼키며, 주변을 둘러보았다. 하지만
오직 하얗기만 할 뿐, 아무것도 보이지가 않았다.

광일궁주가 말했다.

"이곳엔 아무것도 없어."

강위가 물었다.

35

"그렇다면 무엇이 마음을 그토록 괴롭힌단 말입니까?"

"고통이란, 나 자신이 만들어내는 환상이야. 바늘에 손가락에 찔렸어도 창에 심장이 관통 당했다고 여기면, 죽어. 그런 환상을 만들어내는 건 외부의 자극이 아니라, 나 자신이지. 이곳에는 아무것도 없어. 나 자신 밖에. 그게 무슨 뜻인지 알겠느냐?"

강위는 고개를 저었다.

"나를 가장 잘 아는 건 나다. 반대로 나를 가장 모르는 것도 나다. 이곳에 갇힌 사람에게 적은 바로 본인이다. 이 아무것도 없는 순백의 공간은 자신을 투영하지. 의심, 좌절, 자기혐오, 비난. 그 모든 감정을 고스란히 스스로에게 쏟아내게 만든다. 반대로 자아도치와 자만심에 빠지기도 하지. 어찌 되건 결과는 똑같아."

"미치는 군요."

강위가 속삭이듯 하는 말에 광일궁주가 고개를 끄덕였다.

"맞아. 대부분 미치지. 반년의 수련기간을 마친 사람을 고작 열 네 명뿐이었어. 그 중의 한 명이 바로 나였지. 다시 하라면 못하겠지, 아마."

"반년이라……."

강위는 침을 꿀꺽 삼켰다.

그는 광일궁주를 따라 걷고 있었다. 하지만 어느 순간

부터 걷고 있는 건지, 아니면 멈춰 있는 건지 알 수가 없었다.

오직 하얗기만 한 이 공간에 무엇을 구분할 수가 있을까?

머리까지 하얗게 빌 것만 같았다. 그래서인지 현기증이 느껴졌다.

이런 곳에서 반년을 버텼다?

'나라면?'

며칠이나 버틸 수 있을까?

－육십사 일.

수라천마 장후의 목소리가 울리자, 강위는 흐려지던 머리가 맑아지는 기분을 느꼈다.

'고작 육십사 일입니까?'

－너를 처음 봤던 세 시진 전까지만 해도, 고작 사흘이 한계였다.

강위는 침을 꿀꺽 삼켰다.

반나절 만에 정신이 그만큼 성장했다는 뜻인데, 기뻐해야 하나 아니면 괴로워해야 하나 알 수가 없었다.

그런 고민을 하는 강위의 귀에 광일궁주의 목소리가 흘러들었다.

"막내교주님께서는 이곳에 사년 째 갇혀 계시지."

사년씩이나?

강위는 빠르게 물었다.

"괜찮으실까요?"

광일궁주가 어이없다는 듯 피식 웃었다.

강위는 그 웃음을 보는 것만으로도 대답을 들은 것만 같았다.

'막내교주.'

오륜마교의 창시자이며, 수라천마 장후의 최측근이었던 사람.

'대체 어떤 사람일까?'

강위는 가슴이 뛰는 것을 느꼈다.

광일궁주가 말했다.

"저기 계시는군."

강위는 침을 꿀꺽 삼키며, 광일궁주의 눈동자가 향하는 곳으로 시선을 옮겼다.

第六十二章.

우린 다 해봤고, 다 겪어 봤잖아

第六十二章.
우린 다 해봤고, 다 겪어 봤잖아

한 노인이 서 있다.

노인은 실오라기 하나 걸치지 않은 맨몸이었다.

그럼에도 조금도 부끄럽지 않은 듯이 담담한 표정으로 광일궁주와 강위를 마주 보고 있었다.

팔과 다리는 뼈마디에 살가죽만이 들러붙은 듯하다.

얼굴의 살은 축 늘어져 주름 사이로 손가락을 집어넣으면 한 마디 정도는 들어가지 않을까 싶었다.

수명이 다했다며 이제 곧 쓰러져 죽는다고 해도, 어색하지 않을 듯했다.

그런데 눈동자만은 보석을 깎아서 만든 것처럼 맑고 영롱했다.

41

천마재생

가지고 싶다는 생각이 들 정도였다.

광일궁주는 노인을 향해 몸을 숙이며 공수를 취했다.

"오교주님을 뵙습니다."

오교주 잔악마령(殘惡魔令).

다섯 교주 중 가장 잔인하며 악독하다고 하는 절대자.

하지만 알몸의 노인 잔악마령은 마치 그런 말들은 모두 헛소문이라는 듯이 맑은 미소를 지으며 화답했다.

"왔느냐? 그새 좀 말랐구나."

어제 봤다는 듯이 친근한 말투였다.

"그 동안 별일 없으셨는지요?"

"인사치례는 관두자. 얼마나 지난 거냐?"

"제가 마지막으로 방문한 날이 반년 전입니다."

"그래? 생각보다 꽤 되었구나."

그러며 잔악마령은 주변을 찬찬히 둘러보았다.

보이는 건 오직 눈처럼 하얗기만 할 텐데, 그에게는 다른 무엇이 보이기라도 한다는 듯 찬찬히 살폈다.

그러더니 속삭였다.

"드디어 떠날 때가 되었군."

그리고 이어 광일궁주에게 고개를 돌리더니, 차갑고 단호하게 한 마디를 뱉었다.

"꿇어라."

광일궁주의 눈동자가 떨렸다.

잔악마령의 입이 벌어졌다.

"꿇으라고 했다."

"교주님?"

"꿇으라고 했다, 나는."

그러며 잔악마령은 몸을 돌렸다.

광일궁주의 입매가 꿈틀거렸다.

"교주님께서는 아직도 본인께서 교주님이신 줄 아는 군
요."

"나는 그저 나이지."

"이곳 백화경 안에서 오래 머무시다보니 머릿속까지 하
얘지셨나 봅니다."

"내가 필요하지 않느냐?"

광일궁주가 입을 다물었다.

그러자 잔악마령은 빙긋 웃었다.

잠시의 시간이 흐른 후, 광일궁주의 입이 다시 열렸다.

"주인님께서 오신다고 합니다."

그 순간 잔악마령의 눈동자가 살짝 떨렸다.

"그렇군. 역시 살아계셨구나."

그는 사년 동안 이 백화경 안에서 갇혀 보낸 탓에, 수라
천마 장후가 부활했음을 모르고 있었다.

광일궁주가 설명하듯 말을 이었다.

"주인님께서는 살아계셨던 게 아니라, 다시 태어나셨

43

다는 군요."

"뭐?"

"저도 믿기는 힘드나, 주인님께서 그리 말씀하셨다고 합니다. 어찌 되었건, 주인님께서 이리로 오시고 있습니다. 주인님께서 오시는 이유는 이십 년 전, 교주님들께서 주인님을 배신하셨던 날의 기억이 남아계셔서겠지요."

"그렇겠지."

"교주님. 제가 교주님을 필요로 하는 게 아니라, 교주님께서 저를 더 필요로 할 상황이라는 겁니다."

잔악마령이 혀를 찼다.

"쯧쯔쯔. 이 녀석아. 그렇게 가르쳐주었는데도 모르는 게냐? 거래란 내가 가진 것과 상대가 가진 게 비슷한 가치가 있을 때나 가능한 거야. 지금 네가 거래를 할 입장이냐? 빌어라. 애원해라. 구걸해라. 그러면 한 번 생각 정도는 해보마."

광일궁주의 두 눈에 살기가 어렸다.

"교주님. 이곳에 너무 오래 갇혀 계셨나봅니다. 교주님은 예전 같지 않습니다. 지닌 무공은 잃으셨을 뿐 아니라, 교내의 기반 역시 모두 사라졌습니다. 제가 당신을 빌고 매달리게 만들 수 있는 입장이라는 겁니다."

"그럼 그렇게 해."

휙, 잔악마령이 몸을 돌려 광일궁주에게 머리를 들이 밀었다.

그 순간 광일궁주가 움찔하며 상체를 슬쩍 뒤로 뺐다.

잔악마령이 빙긋 웃었다.

"해 봐. 내 팔 다리를 자르고, 뼈를 분지르고, 근육을 파헤치고, 내장을 들쑤셔 봐. 그래서 네가 원하는 말을 하게끔 만들어봐. 응?"

광일궁주는 침을 꿀꺽 삼켰다.

잔악마령의 눈매가 부드럽게 꺾였다.

"그렇지? 그런 잡스러운 짓거리 따위 우린 다 해봤고, 다 겪어 봤잖아. 지금 이 순간에 바로 나를 상대로 이딴 잡스러운 짓을 협박이라고 할 만큼, 여유로워지다니. 한심하구나. 어떻게 할 거냐? 내게는 선택지가 있어. 반대로 넌 선택지가 없어. 어떻게 아냐고? 네가 알려 주었으니까 알지. 네 표정이, 네 눈빛이, 네 숨결이, 말해주고 있거든. 내가, 너무나, 간절하게, 필요하다고."

광일궁주는 아무 말도 못하고, 그저 가만히 잔악마령을 바라만 보았다.

잔악마령이 처음 광일궁주를 보았을 때처럼 친근한 목소리로 속삭였다.

"꿇어. 지금 당장."

광일궁주는 허물어지듯 주저앉았다.

"교주님. 성은은 내려주십시오."

45

천마재생

잔악마령은 그제야 몸을 뒤로 빼며, 말했다.

"이제부터 듣자. 내가 왜 필요한지를. 아, 옷부터 벗어라. 네 옷, 마음에 드는구나."

지켜보고 있던 강위는 몸을 부르르 떨었다.

이런 사람도 있구나, 싶었다.

그러며 생각했다.

이런 사람이기에 오륜마교의 정점이었겠지.

라고.

그리고 이어 스친 생각에 강위는 다시 몸을 떨어야 했다.

이런 사람을 수하로 부리었던 수라천마 장후는 대체 어떤 사람이라는 걸까?

"그러니까, 네 분 형님들께서 암야를 밀기로 하셨다고?"

잔악마령이 광일궁주의 옷을 걸치며 하는 묻는 말에 알몸이 된 광일궁주는 고개를 끄덕였다.

"네."

"암야를 교주로 세우고 내분을 정리한 후에, 곧 도착할 큰 형님을 상대로 싸우겠다?"

"네. 그럴 계획인 듯합니다."

"그 말을 넌 믿고?"

"암야는 집마맹과의 소통을 맡고 있었습니다. 그들의

지원까지 받으면 아무리 주인님이라고 하여도……."

잔악마령은 코웃음을 치며 말을 잘랐다.

"누가 그러더냐?"

광일궁주는 옆에 있는 강위를 턱 끝으로 가리켰다.

잔악마령은 그제야 강위를 보았다는 것처럼, 처음으로 그를 향해 시선을 옮겼다.

"누구냐?"

강위는 공수를 취하며, 말했다.

"강위라고 합니다."

잔악마령이 눈살을 찌푸렸다.

"네 뒤에 누가 있냐고."

설명은 광일궁주가 대신했다.

"주인님께서 보냈습니다."

잔악마령의 눈이 커졌다.

"큰 형님께서?"

잔악마령의 입매가 스르르 늘어났다.

"그렇군, 그런 거였군. 허허허허허허허허허허헛."

잠시 후, 잔악마령이 웃음을 멈추고 강위를 향해 물었다.

"혹여 우리를 만나게 되면 전하라고 하신 말은 없던가?"

그 순간 강위의 입이 벌어졌다. 그의 의지가 아니라, 수라천마 장후에 의해 조종된 것이었다.

"창피하다, 라고 하셨습니다."

잔악마령이 민망하다는 듯 머리를 긁적였다.

"그렇기야 하지."

광일궁주가 말했다.

"저를 따라오시지요. 암야가 치기 전에, 먼저 쳐야 합니다."

잔악마령이 물었다.

"그래서 내가 할 일은?"

"교도들이 보는 앞에서 저에게 대권을 위임했다고 인정만 해주시면 됩니다."

"명분만 있으면 된다?"

광일궁주는 사나운 미소를 그렸다.

"그 외엔 다 준비해 두었습니다."

"자신만만하구나. 좋아! 인정하지. 네가 암야를 누른다면, 진심으로 너를 교주로 인정해주지."

광일궁주가 코웃음 쳤다.

"그럴 필요까지는 없습니다. 전 이미 교주이니까요."

그러며, 몸을 돌려 먼저 걸어갔다.

"따라 오십시오."

광일궁주는 성큼성큼 발을 옮겨 점점 멀어져 갔고, 어느 순간 강위의 입이 벌어졌다.

"창피하구나. 저딴 말이나 듣다니."

잔악마령의 얼굴이 새빨개졌고, 변명하듯 말했다.

"큰 형님, 사람이 살다보면 실수도 하고 그런 거 아니겠습니까?"

"실수를 하고도 살아있다니. 더 창피하구나."

잔악마령이 고개를 푹 숙였다.

"면목이 없습니다."

"없어야지. 쯧쯔쯔. 가자. 이미 교주인 녀석이 기다리고 있지 않느냐."

잔악마령이 걸음을 내딛으며 다짐하듯 말했다.

"이미 교주일지는 모르지만, 이제 죽을 놈인 건 알겠습니다."

강위가 코웃음 쳤다. 그러더니 먼저 앞으로 걸어갔다.

잔악마령은 강위의 뒷모습을 바라보며 머리를 긁적였다.

"아, 조금 만 더 있다가 오시지. 다 끝나가는데. 민망하게끔."

그러며 입을 쩝쩝 다시며 강위의 뒤를 쫓아 걸음을 옮겼다.

†

광일궁주의 집무전 안에 열 명의 남녀가 모여 앉아있다.

49

현 오륜마교의 최대세력인 광일본가를 운영하는 열 명의 간부, 십양(十陽)이었다.

모여 앉은 그들의 표정은 하나같이 무겁고, 사나우며, 차가웠다.

그들이 모두 모이는 경우는 드물었다.

더구나 이렇게 급하게 소집하라는 명령이 내려오는 경우는 지금껏 한 번도 없었다.

그렇기 때문에 그들은 광일궁주가 뭔가 중대한 일이 벌이려 함을 모두는 느끼고 있었다.

그 중대한 일이 뭘까?

십양 중 여덟 명이 가매마랑과 암막단주에게 시선을 모았다.

그 둘만은 뭔가 알고 있다는 느낌을 받았기 때문이었다.

하지만 가매마랑과 암막단주는 다른 이들의 시선이 느껴지지 않는다는 듯 담담하기만 했다.

그렇게 불편하고 삭막한 침묵이 계속되고 있었다.

결국 답답함을 참을 수 없는지, 누군가 입을 열었다.

"칠 년 전인가? 아니지. 한 팔 년 쯤 되지 않았나? 강 단주께서 제게 이런 말씀을 하신 적이 있었지요."

모두의 시선이 목소리의 주인을 향해 돌아갔다.

유사군자(誘死君子)라고 불리는 인물이었다.

서열상으로는 십양 중 서열 팔위이지만, 아무도 그를 무시하지 못했다.

아니, 어쩌면 광일궁주보다 더욱 어려워했다.

광일궁주의 직속수하인 십양은 지난 이십 년 동안 수십 차례나 바뀌었다.

오륜마교는 하루에도 수천 명의 인재가 들어오지만, 반대로 수천 명이 알 수 없는 이유로 사라진다.

십양이라고 해도 다르지 않았다.

십양 중 대부분이 삼 년을 버티지 못하고, 그 알 수 없는 이유로 하나둘씩 사라졌고, 그 자리를 바로 다른 인물이 꿰어 차고 들어오곤 했다.

오직 유사군자를 제외하고는 말이다.

이 광풍과도 같은 오륜마교 속에서 유일하게 이십 년 째 본인의 자리를 고수하고 있는 거암 같은 사람.

그가 무슨 말을 하려는 걸까?

모두의 시선 속에 유사군자의 입이 벌어졌다.

"그때 강 단주께서 제게 이런 말씀을 물으셨지요. '선배님의 꿈은 무엇입니까?' 라고요. 기억나십니까?"

강 단주, 즉 가매마랑은 고개를 끄덕였다.

"네. 기억이 납니다."

"그때 제가 했던 대답 역시 기억이 나십니까?"

가매마랑은 입을 우물거렸다. 기억이 나지 않았다. 기억이 날만큼 인상적인 답변이 아니었기 때문이었다.

유사군자가 말했다.

"허허허허. 전 기억을 하고 있습니다. 전 이리 말씀드렸
지요. 저의 꿈은 이미 이루어졌습니다. 지금 제가 이 자리
에서 제가 할 수 있는 일을 계속 해나가는 것이야 바로 제
꿈이니까요."

가매마랑이 말했다.

"이제 기억이 납니다."

유사군자가 빙긋 웃었다.

"그 뒤에 이리 덧붙였지요. 제 꿈이 계속 되기 위해 저는
동료를 얻고, 어울리고, 함께 한다고요."

"그랬지요."

유사군자가 문득 생각났다는 얼굴로 물었다.

"우리는 동료가 아니었습니까?"

순간 가매마랑은 섬뜩함을 느꼈다.

'나의 적이 될 거냐?' 라는 협박이다.

가매마랑은 눈동자만을 굴려, 십양의 면면을 살폈다.

여섯이 동시에 눈매를 좁히고 있었다.

유사군자를 포함하면 모두 일곱이다.

이들 일곱이 손을 잡았다는 뜻이었다.

그러니 지금 답변하기에 따라서, 십양 중 일곱을 적으로
돌리게 된다는 의미이기도 했다.

하지만 가매마랑은 자신이 알게 된 것들을 입 밖에 낼

수가 없었다.

그는 본래 광일궁주와 암야궁주가 손을 잡았었는데, 암야궁주가 배신하였고, 이제 우리가 먼저 그들을 쳐야 한다는 이야기를 할 수 있는 위치가 아니었다.

그 모든 이야기는 광일궁주의 입에서만 나올 수 있는 이야기였다.

가매마랑은 도와 달라는 눈빛을 옆에 앉은 암막단주에게 보냈지만, 그는 모르는 척 외면할 뿐이었다.

'개새끼.'

유사군자가 물었다.

"제가 뭔가 어려운 질문을 한 겁니까?"

가매마랑이 고개를 저었다.

"아닙니다. 다만……."

"다만?"

"저는 우리가 동료가 아니라, 친구인 줄 알았습니다."

유사군자가 가만히 가매마랑을 쏘아보았다. 그러다 어느 순간 빙긋 웃었다.

"그렇군요. 허허허허헛. 우리는 친구였지요. 허허허허허헛."

그러자 십양 중 여섯의 눈매가 풀렸다.

유사군자가 갑자기 목소리를 높여 십양 모두가 들으라고 말했다.

53

"권력에 가까워진 사람들은 자신이 그 힘을 휘두를 수 있을 거라고 착각하곤 하지요. 하지만 결코 닿지 않아요. 손만 뻗으면 닿을 수 있을 것 같지만 모두 다 환상일 뿐입니다. 난 일찍 그 사실을 깨달았지요. 저 힘은 내 것이 아니라는 것을 말입니다. 하지만 내 예전 친구들은 그걸 모르고 계속 허우적거리다가 떠나갔습니다. 알겠습니까, 강단주님?"

가매마랑이 고개를 끄덕였다.

"네."

유사군자가 흡족한 미소를 지었다.

"좋군요. 좋아요. 친구의 조언을 수용하는 모습, 아주 좋아요. 이래야 내 친구이지요. 허허허허허헛."

가매마랑은 환하게 웃었다.

그러며 생각했다.

언젠가 유사군자의 목을 잘라 내버리겠다고.

갑자기 유사군자가 웃음을 거두고 고개를 숙였다.

십양 중에서도 유독 편안해 보이던 그의 표정이 마치 주눅이 든 것처럼 음울해졌다.

그 이유는 십양 모두가 알고 있었다.

태양 곁에 머물 수 있는 건 그림자뿐이니까.

아니나 다를까, 문이 열리더니 광일궁주가 들어섰다.

십양 모두가 일제히 일어나 외쳤다.

"궁주님을 뵙습니다!"

광일궁주는 가볍게 고개를 끄덕인 후, 자신의 자리에 앉았다. 그러며 앉으라는 듯 가볍게 손짓했다.

십양은 바로 앉았고, 광일궁주의 입이 벌어지기를 기다렸다.

하지만 광일궁주는 지그시 눈을 감은 채, 등받이에 몸을 기대며 생각에 잠겼다.

잠이라도 자는 걸까?

시간은 느리면서도 초조하게 지나가고 있었다.

십양의 기다림에 지쳐갈 때 쯤, 광일궁주의 입이 열렸다.

"나는 나무꾼이었지."

무슨 이야기를 하려는 걸까?

십양은 귀를 쫑긋 세웠다.

광일궁주의 말이 이어졌다.

"내가 살던 곳이 어디였는지는 잊었어. 그저 뒤에 거대한 숲이 있었다는 것만 기억이 나. 머리가 크고, 팔과 다리에 힘이 들어갈 무렵, 내 손엔 도끼 한 자루가 들려 있었지. 아버지는 말했지. 나무를 자르라고. 그게 너의 삶이라고. 아버지는 무서운 분이었어. 말대꾸를 용납하지 않았지. 나는 따를 수밖에 없었어. 그렇게 나는 나무꾼이 되었지. 내 삶의 목적은 한 가지 뿐이었어. 이 숲의 나무를 모두 잘라버리자. 그러면 내가 할 일은 사라질 거야. 지금 생각해보면 너무나 어리석었지만, 그게 내가 할 수 있는 전부였지. 난 미치도록 나무를 잘랐어. 덕분에 근방에서 제일가는 나무꾼이 될 수 있었지. 어쩌면 천하에서 제일가는 나무꾼이었을 지도 몰라. 하지만 숲은 너무 넓었지. 아무리 자르고 잘라도, 계속 나오더군."

감겨 있던 광일궁주의 눈이 벌어졌다. 드러난 그의 눈동자는 몽롱하기만 했다. 과거, 나무꾼이었다는 어린 시절을 떠올리는 모양이었다.

"그러던 어느 날이었네. 정말 깜짝 놀랄만한 일이 벌어졌어. 단 하루 만에 숲이 사라진 거야. 숲이 있던 자리엔 검은 재만이 가득했지. 집마맹의 짓이었지. 나중에 알았는데, 숲 안에 그들에게 대항하던 정파의 명숙 몇이 숨어 있었던 모양이야. 그들을 없애겠다고 숲을 모조리 불태워 버린 거지. 딱 집마맹다운 짓이지 않나? 허허허헛. 놈들은 거기에 멈추지 않았어. 인근 마을에 사는 사람을 모조리 죽였지. 정파의 명숙을 숨겨주었다는 이유였어. 뭐, 놈들답다고 해야겠지. 덕분에 나를 제외하고는 모두가 죽었어. 나의 아버지, 어머니, 동생들. 모조리 말이야. 난 운이 좋았지. 당시 교주님들이 근처에 있지 않았다면, 나 역시 살아남지 못했을 거야. 그때, 내가 든 생각이 뭐였는지 아나?"

광일궁주의 눈동자에 뜨거운 열기가 흘러나왔다.

"복수심? 원망? 두려움? 공포? 아니지. 아니야. '왜 난 숲을 불태울 생각을 하지 못했을까?' 였지. 그때 깨달았네. 내가 꿈에도 생각지 못한 일을 서슴없이 벌이는 이들이 있다는 것을. 그리고 결심했지. 그들 중 하나가 되겠다. 아니, 나아가 그들 중 최고가 되겠다. 그 날의 결심을 잊은 적이 없네. 그렇기에 이 자리에 앉을 수 있었지. 그런데 오늘 갑자기 깨달았네. 내가 어느새 나무꾼으로 돌아가 있다는 걸 말이네. 한 그루씩 잘라내다 보면, 이 숲을 모조리 없애버릴 수 있을 거라고 여기던, 그때로 돌아가 있었지 뭔가. 허허허허허허허헛."

광일궁주가 벌떡 일어났다.

"숲을 태우려 한다."

유사군자가 기다렸다는 듯 말했다.

"준비는 마쳤습니다. 신호만 보내면, 암야회에 숨겨놓은 아이들이 일제히 일어날 겁니다."

십양 모두의 시선이 유사군자에게로 돌아갔다.

광일궁주는 빙긋 웃었다.

"그래야 내 친구이지."

유사군자가 빙긋 웃으며, 가매마랑에게 눈을 돌렸다.

이게 바로 친구라는 거다, 라고 비웃는 듯한 눈이었다.

가매마랑은 이를 악물 뿐이었다.

광일궁주가 미소를 지우고, 다른 십양에게 말했다.

"두 시진 후, 암야를 친다. 시간이 많지는 않지만, 너희라면 할 수 있으리라 믿어. 조용하게 아이들을 모아라. 정예로만 꾸려. 믿을 만한 녀석들로. 그리고 두시진 후에 암야호 앞에 모여라."

십양은 크게 고개를 끄덕였다.

"명을 따릅니다!"

"명을 따릅니다!"

유사군자가 말했다.

"아! 하지만 그 전에 먼저 처리할 일이 있습니다."

광일궁주가 고개를 끄덕였다.

"알아."

휘이이이익!

광일궁주의 주먹이 바로 옆에 있는 십양 중 일인인 화익선(火翼扇)에게로 뻗어나갔다.

퍼어어억!

너무나 빠르고 갑작스러운 공격에 화익선은 막지 못하고, 머리가 부서진 채 허물어졌다.

남은 십양이 깜짝 놀라 뒷걸음질 쳤다.

유사군자가 설명하듯 말했다.

"화익선은 암야회의 끄나풀이었소."

십양들은 침을 꿀꺽 삼켰다.

유사군자가 피에 물든 손을 툭툭 털고 있는 광일궁주를

향해 말했다.

"화익선 밑에 아이들은 이미 정리해 두었습니다."

광일궁주가 가볍게 고개를 끄덕였다. 그런 후 두 눈으로 십양 한 명 한 명을 일일이 바라보며 말했다.

"모두 고생 좀 하자. 오늘 밤은 정말 힘들 거야. 하지만 오늘 밤만 제대로 넘기면……."

광일궁주는 말을 맺지 않고 흘려버렸지만, 십양은 모두 알아들었다는 듯이 고개를 끄덕였다.

광일궁주는 몸을 돌려 나갔고, 아홉이 남은 십양은 바람이 되어 사방으로 흩어졌다.

그들이 있던 곳, 머리가 터져버린 화익선의 시체만이 남겨져 있었다.

이제부터 오륜마교의 총단, 이 흑산 안에서 벌어질 일을 예고라도 한다는 듯이…….

†

강위는 주변을 둘러보았다.

'몇이나 될까?'

백 삼십 명까지 세다가 말았다. 어림짐작으로 삼백은 될 듯 했다.

눈에 들어오는 건 모두 사람뿐이었다.

하나같이 두꺼운 갑주를 입었으며, 병장기를 착용하고 있었고, 화탄까지 들고 있었다.

그들의 입고 있는 갑주나 병기에는 광현(光顯)이라는 두 글자가 양각되어 있었다.

광일궁주의 세력, 광일본가 안에서 가장 강력하고 가장 무서운 전투집단, 일광현단(日光顯團)을 상징하는 표식이었다.

단일세력으로써 오륜마교 안에서 세 손가락 안에 든다고 불릴 정도의 무서운 집단이었다.

그럼에도 뭐가 그렇게 두려운지 긴장된 얼굴을 하고 있었다.

강위의 맞은편에 앉아있는 노인 때문이었다.

잔악마령.

그는 자신을 둘러싼 일광현단의 모습이 보이지 않는다는 듯이 김이 모락모락 피어오르는 찻물을 홀짝거리고만 있을 뿐이었다.

어디서나 볼 수 있을 듯한 촌노인 같은 모습이었다.

사실, 촌노인이라고 해도 어색하지 않았다.

잔악마령은 현 무림에서 열 손가락 안에 든다던 무공을 잃었고, 교내의 세력은 안개처럼 흩어졌다.

이제 잔악마령이 가진 건 오륜마교의 교주였다는 상징 외에는 아무것도 남지 않았다는 거다.

그럼에도 일광현단은 두려워하고 있었다.

왜일까?

잔악마령이 말했다.

"아이야, 심심한데 옛 이야기나 좀 해볼까? 들어보겠느냐?"

강위는 급히 고개를 숙였다.

"네, 아. 네."

그러며 강위는 눈을 얇게 여미며 잔악마령의 얼굴을 살펴보았다.

'대체 어떻게 구분하는 걸까?'

잔악마령은 자신이 수라천마 장후에 의해 조종당할 때와 평소의 모습을 정확히 구분하고 있었다.

대체 어떻게 그럴 수 있는지 모르겠다.

잔악마령가 옛 이야기를 시작했다.

"예전 이야기야. 내가 오대마령이었던 시절이지. 그때 우리 오대마령이 고집을 부려 집마맹 소속의……, 누구더라? 하여간 어떤 놈들과 싸우다가 대패를 한 적이 있었어. 그때, 우린 큰 형님께 죽을 줄 알았지. 그런데 큰 형님은 히죽 웃으시더니, 이리 말씀하시더군."

잔악마령이 고개를 들어 멀리 시선을 두더니 낭독하듯 말했다.

"'영원한 승자는 없다. 그러니 질 수가 있어. 그러니 질

때는 차라리 깔끔하게 져주는 게 옳다. 대신 다음에 이기기 위한 제물로 삼아라.' 나는 물었지. 어찌하면 되냐고. 그러자 큰 형님은 이리 말씀하셨지. '하나를 원하면 둘을 주고, 둘을 원하면 셋을 주어라. 적이 원하는 게 없을 때까지. 적이 네가 굴복했다고 여기고 경계하지 않을 때까지. 그때 분명 너의 손에 단 한 자루의 칼은 남겨져 있을 것이다. 거기서 시작하는 거야.' 그 말씀을 잊은 적이 없네."

잔악마령이 빙긋 웃었다.

"녀석들이 나의 무공을 원해서 주었지. 나의 근골을 해체해야 안심한다고 해서 그러라고 했지. 내가 모은 제물과 나를 따르는 아이들을 달라고 해서 가지라고 했지. 다 주었어. 그래서 난 이렇게 살아있을 수 있었어."

강위가 물었다.

"하지만 대신 아무것도 남지 않았지 않습니까?"

잔악마령이 고개를 저었다.

"아니지. 무공이나 세력은 확실한 무기이지만, 만능은 아니야. 오히려 너무나 화려한 무기인 탓에, 피하고 막기 쉽지. 하지만, 송곳 하나를 숨기고 있다면? 나 같은 노인을 누가 경계하겠나? 다가가 송곳으로 심장을 푹 찌르면? 이기는 거지. 그 다음에 준 것을 모두 돌려받으면 되네. 그게 진 이후에 이기는 법이야."

그러며 잔악마령은 히쭉 웃었다.

강위가 침을 꿀꺽 삼켰다.

"송곳이 뭡니까?"

갑자기 물샐 틈 없이 그들을 둘러싸고 있던 일광현단의 단원들이 물결처럼 갈라졌다.

그 사이로 한 사람이 다가오고 있었다.

그의 얼굴을 보는 순간 강위의 눈이 커졌다.

"유사군자?"

광일본가의 실질적인 이인자.

다가온 유사군자는 잔악마령 앞에 멈추더니 엎드려 절했다.

"교주님을 뵈옵니다."

잔악마령이 히쭉 웃으며 강위가 들으라고 말했다.

"인사하게. 내 송곳이네."

오륜마교 내에서 최강의 전투집단이라고 불리는 일광현단은 광일궁주의 직속세력이다.

오직 광일궁주의 명령만을 따른다.

그리고 유사군자는 광일본가의 실질적인 이인자이다. 그는 오륜마교가 창립될 때부터 광일궁주의 최측근이었으며, 지금도 그렇다.

그러니, 이 곳에 있는 이들은 광일궁주의 방패와 칼이라고 할 수 있었다.

그들이 잔악마령 앞에 무릎을 꿇고 있었다.

복종의 맹세를 한다는 듯이 공손했다.

잔악마령은 당연하다는 표정으로 그들을 뒤통수를 훑어보며 미소를 지었다.

그러며 강위가 들으라는 듯이 말했다.

"싸움이란, 꼭 칼을 들고 고래고래 괴성을 지르며 달려들어 휘둘러 머리를 박살내야만 하는 게 아니야. 이렇게 조용하고 은밀하게 다가가 한 번 쑥 찔러 끝내는 방법도 있다는 거네."

강위는 눈을 얇게 좁혔다.

대체 무슨 수로 광일궁주의 칼과 방패를 빼앗을 수 있었을까?

지금 잔악마령은 가진 게 아무것도 없지 않은가.

일광현단과 유사군자가 현재 오륜마교를 이끌다시피 하는 광일궁주 대신 가진 게 없는 잔악마령을 따를 이유가 없었다.

잔악마령이 찻잔을 내려놓으며 말했다.

"권력이라는 건 말이야. 갓 태어난 아이 같은 거야. 방긋 웃기만 해도 누구에게나 사랑을 받지. 하지만 한 시진만 같이 있어봐. 아주 마귀가 따로 없지. 말도 안통하고, 계속 울어만 대고, 똥오줌을 아무렇지도 않게 마구 갈겨대고. 그런데 때리거나 버릴 수가 없어. 허허허허허허헛. 자네는 아직 어려서 잘 모르려나? 한 시진만 붙어 있어봐. 내 말이 무슨 뜻인지 알 걸? 아는 정도가 아니라, 당장 구해달 라고 애원할 거야. 허허허허허허허허."

갑자기 웃음을 뚝 멈추더니, 차가운 표정으로 말했다.

"권력이란 휘둘러서만 되는 게 아니라, 보살피고 키워 야 할 줄도 알아야지. 그런데 광일은 그걸 몰라. 난 시간만 보내면 되었어. 광일이 모른다는 걸 모두가 알만한 시간이 필요했을 뿐이야. 흐르는 시간이 자연스럽게 이 녀석들을 내게 보내주더구나."

그 순간 유사군자가 말했다.

"오륜마교는 나무꾼 따위가 호령할 수 있는 숲이 아닙 니다. 이 숲의 주인일 수 있는 분은 교주님들 뿐입니다."

광일현단의 단원들이 일제히 외쳤다.

"오 교주님께 영광을!"

"오 교주님께 충성을!"

잔악마령이 빙긋 웃으며, 강위에게 시선을 돌렸다.

그리고 지금까지와는 달리, 공손한 태도로 말했다.

"그런데, 큰 형님. 대체 어디에 계신 거요?"

강위의 눈이 동그래졌다.

수라천마 장후가 근처에 머물고 있는 게 아니었나?

다음 순간, 강위의 표정이 차분하게 바뀌었다.

수라천마 장후에게 조종된 탓이었다.

천마재생

강위의 입이 벌어지며 담담히 말했다.

"이리저리 둘러보고 있다."

"어디를요? 조금만 기다리시면, 제가 다 정리하고 안내해드리겠습니다. 그러니 이리로 오시지요."

강위의 입매가 비틀리며 비웃음을 그렸다.

"왜지?"

"왜긴요. 보면 알지 않습니까. 형님께서 나설 일이 없습니다. 그러니 이리로 오셔서 제가 어떻게 수습을 하는지나 구경하시지요."

"내게 뭘 숨기는 거지?"

잔악마령이 어이없다는 듯이 웃었다.

"허허허허헛. 제가 형님께 숨길 게 뭐가 있겠습니까?"

강위가 눈을 얇게 여미며 잔악마령을 매섭게 노려보았다.

그러자 잔악마령은 어깨를 움츠렸다.

"왜 이러십니까? 무섭게."

강위가 목소리를 낮게 깔아 말했다.

"그래. 넌 나를 무서워하는구나. 그래서이냐?"

"형님을 무서워하지 않는 사람이 누가 있습니까?"

"너희. 너희는 날 어려워하기는 해도, 무서워하지는 않지. 그런데, 무서워하는구나. 왜이냐?"

"형님. 무슨 말씀이십니까?"

"너희는 나를 제법 잘 알지. 반대로 나 역시 너희를 잘 알아. 지금의 이런 상황, 실수라고 했지? 아니야. 너희는 실수를 한 게 아니라, 숨기에 적당한 상황을 만들었을 뿐이지."

"숨다니요? 제가 왜 숨는단 말입니까? 누구한테서 요?"

"내게서."

잔악마령이 어이없다는 듯 크게 웃음을 터트렸다.

"허허허허허허허헛. 형님, 말도 안 됩니다. 저희가 어째서 형님을 피해 숨는단 말입니까?"

"나를 제법 잘 아니까. 집마맹이 부활했다. 그렇다면 내가 세상에 다시 나올 지도 모른다고 여겼겠지. 전쟁을 벌이기 위해서 말이야. 전쟁을 벌이려면 가장 우선으로 전열(戰列)을 갖추려 함을 알 테고, 그 전열에 너희를 포함시킬 것임도 알았겠지. 그리고 너희는 내가 전열을 갖추는 방식도 알아."

잔악마령이 말했다.

"필요한 것만 남기고, 불필요한 건 없애시지요. 가차 없이."

강위가 고개를 끄덕였다.

"그렇지. 난 그랬지. 전쟁에서 불필요한 건 찌르고 들어올 틈이 된다. 그러니 차라리 미리 지워버리는 게 나아. 그게 진정 전열을 갖춘다는 거야."

"그렇지요. 형님은 그런 분이지요. 저희라고 해도, 가차 없이 없앨 사람이지요."

"너희는 내게 가장 무서운 무기였다. 언제나. 너희를 필요 없다고 여긴 적은 한 순간도 없었지. 그런데 지금의 넌 아니라고 여기는구나."

잔악마령이 어색한 웃음을 지었다.

"형님. 왜 이러십니까? 제가 뭘 어쨌다고요."

강위가 코웃음 쳤다.

"늙었구나. 제법이야. 능숙해졌어. 그런데 너희 형들은 어려졌구나."

잔악마령의 표정이 딱딱하게 굳었다.

"지금, 어디에 계신 겁니까?"

강위의 미소가 짙어졌다.

"이제야 우리 형제가 모두 만났구나."

잔악마령이 벌떡 일어나 외쳤다.

"큰 형님! 형님들을 살려주십시오!"

강위가 말했다.

"너희는 나를 제법 잘 알지. 나도 너희를 너무 잘 알아."

"큰 형님! 제발! 부탁드립니다."

잔악마령이 애걸하듯 외치는 말에 강위는 가볍게 고개를 끄덕였다.

"하는 거 봐서. 우선 이 번잡한 집구석을 정리부터 해

라. 그때까지 고민해보마."

잔악마령이 외쳤다.

"알겠습니다. 내일 해가 뜨기 전까지 꼭 정리하겠습니다."

"난 내일 해가 뜨기 전까지 고민해보마."

그 말을 끝으로 차갑던 강위의 표정이 풀어졌다. 수라천마 장후의 조종이 풀린 탓이었다.

잔악마령이 앞을 향해 걸어갔다.

"자, 청소를 하자꾸나. 그 사이 쓰레기가 너무 많이 쌓였어."

†

수라천마 장후에게 오대마령은 양날의 칼이다.

상대를 향해 휘두르면 그 누구라도 베어낼 수 있는 최강의 무기이지만, 반대로 잘못 휘두르면 자신의 몸이 갈릴 수 있다.

오대마령이 일군 세력 오륜마교 때문이 아니었다.

오대마령이 지닌 무공이 현 천하에 열 손가락 안에 들어갈 정도로 고강하기 때문도 아니었다.

수라천마 장후라는 사람에 대해 너무도 잘 알고 있기 때문이었다.

어떤 계획으로 어떻게 움직일 지를 유추할 수 있다.

만약 오대마령이 적으로 돌아선다면, 수라천마 장후에게는 최악의 상황이라고 봐야 했다.

물론 그런 경우는 희박했다. 하지만 천의 하나, 만의 하나라고 하여도 가능성을 아예 배제할 수는 없었다.

그리고 남장후는 지난 삼 년 동안, 많은 부분에서 그 가능성을 상당히 크게 느끼고 있었다.

오대마령이 아무런 활동도 하지 않고 있기 때문이었다.

남장후가 이렇게 움직이면 저렇게 움직여 주어야 하는데, 오대마령은 깨끗이 무시하기만 했다.

뭔가 사정이 있을 거라고 여기고 싶지만, 그 반대라면?

깔끔하게 정리를 해야만 했다.

그렇기에 남장후는 강위에게 몽이동체술을 이용하여 광일본가를 들쑤시는 한편, 본신으로는 오륜마교 내부를 살피며 오대마령의 흔적을 쫓았다.

그리고 반나절 만에 무려 오 년 동안 팔대궁주를 피해 숨어 있던 네 명의 교주의 은신처를 발견할 수가 있었다.

그리고 이렇게 오랜 만에, 무려 이십 년 만에 남장후는 오대마령 중 넷을 대면할 수가 있었다.

그리고 바로 깨달을 수가 있었다.

어째서 오대마령이 숨어 있었는지를.

그리고 어째서 자신이 세상에 나왔음에도, 보러 오지 않았는지를……

남장후는 자신의 앞에 있는 네 개의 그림자를 바라보았다.

예전의 얼굴을 떠올려 본다.

오대마령 중 첫째인 괴겹마령은 과묵하고 신중했다. 때문에 먼저 말을 걸어오거나, 일을 벌이는 적은 없었다. 하지만, 일단 계획이 서면 누구보다 먼저 움직였다. 그렇기에 오대마령 중 첫째일 수 있었다.

그리고 수라천마 장후는 항상 생각했다. 누군가에게 자신이 심장을 꿰뚫린다면, 그건 괴겹마령일 것이라고.

오대마령 중 둘째 혈우마령은 의심이 많았다. 때문에 모든 계획을 한 번 정도 검토하게 만들었고, 언제나 퇴로를 맡았다.

그렇기에 수라천마 장후는 생각했었다. 누군가의 함정에 빠져 허우적대는 경우가 있다면, 그건 혈우마령일 것이라고.

셋째인 월야마령은 머리씀씀이가 남달라, 수라천마 장후가 꾸민 계획의 틈새를 메워 주었다.

그리고 넷째인 천살마령은 추진력이 있어, 모두가 반신반의 하는 일조차 서슴없이 시도했다.

그리고 다섯째인 잔악마령은 다른 네 명을 지원하는 역할을 해왔었다.

남장후는 이들 다섯이 손을 잡으면, 한 명의 수라천마장후 정도의 역량을 갖추었다고 평가했다.

그렇기에 남장후도 그들이 반대편으로 돌아섰을지 모른다는 생각이 들었을 때 상당히 긴장했었다.

그리고 쉽게 찾아올 수가 없었다.

과거의 기억과 우정에 기대었다가는 오히려 당할 수가 있으니까.

그런데 이게 뭔가?

남장후는 허탈하여 한숨을 내쉬었다.

멀리 떨어져 있던 네 개의 그림자가 천천히 다가온다.

남장후가 말했다.

"나다."

그림자 중 하나가 대꾸했다.

"형님?"

남장후가 고개를 끄덕였다.

"그래, 나다."

다른 그림자가 물었다.

"정말 큰 형님 맞소?"

남장후가 혀를 찼다.

"여전히 의심이 많구나."

그러자 갑자기 네 개의 그림자가 튀어나와 남장후를 가슴에 쏟아졌다.

"큰 형님이다!"

"우와아아아아아! 큰 형님이 왔다!"

"듣던 대로 얼굴이 아예 바뀌었어요! 젊어지셨습니다!"

남장후가 한숨을 푹푹 내쉬며, 속삭이듯 말했다.

"그래. 젊어졌지. 그런데 너희는……, 어려졌구나."

그러며 남장후는 자신의 품에 안긴 네 명의 아이를 내려
보았다.

아이들 중 하나가 환하게 웃으며 자랑하듯 외쳤다.

"우리도 반노환동했어요!"

남장후의 입가에 어색한 미소가 어렸다.

천마
재생

NEO ORIENTAL FANTASY STORY

第六十三章.

너희끼리만 형제가 아니야

第六十三章.

너희끼리만 형제가 아니야

반노환동(反老還童).

무공의 경지가 사람의 한계를 넘어서면 신의 엿볼 수 있을 정도라고 한다.

입신(入神), 혹은 극마(克魔), 혹은 절대지경(絕大之境)이라고 불리는 무학상의 궁극이다.

그 위로 한 단계의 경지가 더 있으니, 그 경지에 이른 자는 신 그 자체로 화한다고 전해진다.

그렇기에 신화경(神化境)이라고 일컬어진다.

하지만 무림이 탄생한 이래, 신화경을 이루었다는 사람은 없었다.

수라천마 장후를 제외하고는 말이다.

그 이전에 천마라고 불렸던 두 명의 절대자 역시도 신화의 경지에 이르렀었다고 전해지만, 확실치가 않았다.

그렇기에 신화경에 이른 사람은 오직 수라천마 장후뿐이라고 인정되고 있었다.

신화경을 이루기 전에 꼭 거치게 되는 단계가 바로 반노환동이다.

신화경에 이르면 만물의 생동하는 기운을 자유자재로 부릴 수 있게 됨에 따라 정신, 즉 영혼과 혼백이 우선 정화되는데, 그때 육체는 노화를 벗어내고 순수해진다.

어려지는 게 아니라, 순수해진다는 거다.

그러니까 오대마령은 반노환동을 이룬 게 아니라, 반대로 반노환동에 실패했기에 저러한 모습이 된 것이라고 봐야 했다.

셋째 월야마령이 말했다.

"저 때문입니다. 제가 오륜마공을 일원화하여, 벽을 깨고 신화를 이룰 수 있을 거라는 판단을 했습니다."

남장후는 그를 찬찬히 살펴보았다. 이제 열 살이나 되었을까 싶은 외모였다.

월야마령은 본래 위로 올려다봐도 얼굴이 보이지 않을 정도의 거구였는데…….

어처구니가 없어, 고개를 절레절레 흔들게 된다.

"아니에요. 저 때문입니다! 제가 하자고 했습니다!"

남장후는 고개를 돌렸다. 천살마령이었다. 그는 이제 일곱 살 정도는 될까 싶은 체격을 가지고 있었다.

한숨이 다시 나온다.

그때, 첫째인 괴겁마령이 말했다. 이제 열 두엇 정도 되어 보이는 그가 변성기인지 갈라진 목소리로 물었다.

"우리를 죽이실 겁니까?"

그 순간 종알쫑알 떠들어대던 다른 마령들이 급히 입을 다물었다.

남장후가 고개를 돌려 괴겁마령을 물끄러미 바라보았다. 그러다 어느 순간 입을 열었다.

"왜 내가 너희를 죽일 거라고 생각하느냐?"

괴겁마령이 씁쓸한 얼굴로 말했다.

"어려졌기는 하지만, 어리석어진 건 아닙니다. 우리는 형님을 잘 알지요. 필요 없을 만큼 말입니다."

남장후가 가만히 그를 바라보다가 말했다.

"대단하구나. 나를 그리 잘 알다니. 나도 날 잘 모르겠는데 말이다."

괴겁마령은 이인자이다.

수라천마 장후라는 사람이 있었기에, 그는 언제나 이인자였다.

그는 오대마령의 수장으로써, 집마맹의 전쟁을 승리로

이끌었고, 나아가 오륜마교를 설립하여 무림의 절반을 차지한 절대자이다.

그럼에도 그는 언제나 이인자였다.

그림자였다.

철저히 가려져 있었다.

바로 수라천마 장후라는 존재가 있었기 때문이었다.

그렇기에 사람들은 간혹 이렇게 말하고는 한다.

수라천마 장후가 없었다면, 천마라는 칭호는 아마 그의 것이 되었을지도 모른다고.

하지만 정작 괴겁마령 본인의 생각은 달랐다.

수라천마 장후라는 존재가 없었다면, 괴겁마령은 존재하지 않았다는 걸 알고 있기 때문이었다.

괴겁마령은 자신의 모든 것이 수라천마 장후에게서 나왔음을 인정했다.

왜?

그게 사실이니까.

그리고 자신이 갖춘 모든 것을 단숨에 빼앗을 수도 있다는 것조차 인식하고 있었다.

왜?

수라천마 장후는 그럴 수 있는 사람이니까.

그렇기에 이인자로서 만족하고 살았고, 수라천마 장후가 사라진 이후에도 언제나 그림자처럼 살았다.

언제 어느 날 수라천마 장후가 나타나, 그가 가진 모든 것을 내놓으라고 할 날이 오면 스스럼없이 바칠 날을 준비했다.

아깝지 않은 건 아니었다.

다만, 바치는 것이 빼앗기는 것보다는 낫고, 빼앗기는 것이 파괴되는 것보다 나았기 때문이었다.

하지만 줄 것이 없다면?

권력과 세력, 능력까지 모두 사라져 남은 게 목숨뿐이라면?

수라천마 장후라는 사람은 어떻게 대할까?

목숨을 빼앗을 것이다.

권력자란 냉정해야만 한다.

수라천마 장후는 이용가치가 조금도 없는 오대마령을, 그럼에도 자신이라는 사람을 너무나도 잘 아는 오대마령을 살려둘 리가 없었다.

약점이 될 테니까.

그게 오 년 전, 오륜마공의 일원화를 실패하여 아이가 된 괴겁마령이 동생들을 이끌고 숨은 이유였다.

그리고 남장후가 된 수라천마 장후가 그들의 앞에 선 순간, 죽음을 각오하는 이유이기도 했다.

남장후가 괴겁마령을 바라보며 물었다.

"계속 숨어 있을 생각이었더냐? 내가 너희를 찾지 못할 것이라고 여겼던 거냐?"

괴겁마령은 고개를 저었다.

"아닙니다. 그저 시간이 필요했습니다. 저희가 어른으로 성장할 정도의 시간이 말입니다. 그때의 저희는 형님께 필요한 사람이 되어 있을 자신이 있으니까요."

"어른으로 성장이라. 풋. 푸하하하하하하핫!"

남장후는 고개를 위로 젖히고 웃었다. 웃음이 멈추질 않았다.

지난 삼 년 동안 남장후가 움직이지 않았던 이유도 마찬가지였다.

한 차례 세상을 겪고 창리현으로 돌아온 열일곱 살의 남장후는 어렸다. 전생의 기억과 능력을 모두 갖추고 있었지만, 한 가지가 부족했다.

마음가짐.

온화한 환경 속에서 십칠 년이라는 세월동안 살아온 남장후라는 소년은 수라천마 장후라는 무림사상 최고이자 최악인 절대자의 기억과 능력을 갖추었지만, 제대로 다룰 수 있을 만큼 마음이 강인하지 않았다.

그렇기에 남장후는 삼 년이라는 시간이 필요했던 것이다.

마음을 성장시키기 위한 기간이.

그리고 스물이 된 남장후는 수라천마 장후의 모든 능력

을 적절하게 휘두를 수 있는 마음을 갖출 수 있었다.

남장후는 그렇게 자신했기에, 세상에 다시 나온 것이었다.

하지만 그런 시간이 오대마령에게도 필요했을 줄이야.

웃음만 났다.

남장후의 웃음이 멈추기를 기다리던 괴겁마령이 더는 참지 못하겠는지 비장한 표정으로 말했다.

"오 년. 저희에게 오 년 만 시간을 주십시오. 최소한 큰형님께 필요한 정도로 저를 갖추겠습니다."

남장후가 웃음을 멈추며 말했다.

"난 이 전쟁을 그렇게 오래 끌 생각이 없다. 그리고……."

남장후의 시선이 오대마령 중 넷째인 천살마령을 향했다.

"오 년 정도로는 부족할 것 같구나."

열셋 정도로 보이는 괴겁마령과는 달리, 천살마령은 고작 예닐곱 정도의 아이만 같았다.

오 년이라는 시간이 흐른다고 해도, 지금의 괴겁마령 정도만 신체연령을 갖출 수 있을 터였다.

열두세 살 정도의 소년을 어디다 쓸 수 있을까?

그러자 천살마령이 시무룩한 얼굴로 고개를 푹 숙였다. 그리고 속삭이듯 말했다.

천마재생

"죄송합니다."

남장후가 말했다.

"죄송할 게 무엇이냐? 너희는 죄송할 게 없다. 그럴 필요가 없지."

괴겁마령이 다급히 외쳤다.

"큰 형님! 저희에게 선택지를 주십시오!"

"선택? 너희는 이미 선택했다. 그 선택의 결과가 지금의 모습인 거야."

"저희는 아무것도 선택한 적이 없습니다!"

남장후가 가볍게 고개를 저었다.

"아니지. 너희가 오륜마공을 일원화하여 신화의 경지에 이르겠다는 욕심을 낸 순간, 너희는 이미 선택한 것이나 다름없다. 나와 척을 지기로 말이다."

괴겁마령이 크게 고개를 저었다.

"오해이십니다! 저희는 한 순간도 그런 마음을 품은 적 없습니다!"

남장후는 코웃음 쳤다.

"아니. 품었다. 그렇지 않으면, 어찌 신화를 꿈꾸었느냐? 오륜마공은 분명 연계하여 하나가 되었을 때, 월등한 위력을 가질 수 있다. 나조차도 경계해야만 할 힘이지. 하지만 일원화시켜 신화경에 이르겠다는 꿈을 꾸었다는 건, 나에게 경계심을 주는 정도를 넘어서, 맞상대할 수 있는 힘을 갖추려 했다? 왜? 너희가 가진 것이 부족해서? 이미 무림의 절반을 차지하고 있는 너희가? 무림을 일통하기 위해서라고 하지 마라. 이미 안주하고 있던 너희가 그런 능력을 갖추려 했다면, 대상은 나일 수밖에 없다. 바로 나를 상대하기 위함이다. 너희가 인정하던, 아니던 그렇다."

그 순간 월야마령이 말했다.

"모두가 저 때문입니다."

남장후의 미소가 짙어졌다.

"그래, 너 때문이겠지. 분명 네가 그러자고 제안을 하고 계획을 했을 거야. 하지만 받아들이지 않았다면, 한낱 공상으로 끝났겠지."

월야마령이 외쳤다.

"저 때문입니다! 모두 제 탓이란 말입니다!"

남장후가 코웃음 쳤다.

"알았다. 너부터 죽여주마. 그럼 되었느냐?"

월야마령이 눈시울이 붉어졌다.

"저는 죽어가고 있었습니다."

남장후의 입가에 매달린 미소가 사라졌다.

"뭐?"

월야마령이 말했다.

"저는 죽어가고 있었단 말입니다! 천수가 다하여, 제 남은 생이 얼마 남지 않았습니다! 저는, 저는 살고 싶었습니

85

다, 큰 형님. 죽음이 닥치면, 그저 받아들일 수 있을 거라고 여겼는데, 어떻게든 살고 싶었습니다! 그래서 신화를 이루면 살 수 있을지도 모른다고……."

"어리석구나."

"네. 어리석었습니다. 하지만 가능할 것 같았습니다. 해낼 수 있을 것 같았습니다. 그래서 이렇게 된 겁니다. 큰형님께 대항해보고자는 마음을 품어서가 아니란 말입니다!"

남장후가 가만히 그를 바라보다가, 어느 순간 입을 열었다.

"너는 그랬구나."

월야마령이 깜짝 놀라며 고개를 절레절레 저었다.

"아닙니다, 형님. 저 혼자 살겠다고 이러는 게 아닙니다. 형님들과 동생들은 그저 저를 살리겠다는 마음뿐이었습니다. 형님, 참말입니다."

남장후가 피식 웃었다.

"너무 어려졌구나. 그딴 감정 섞인 하소연이 통하리라고 여기다니. 예전에 너는 그렇지 않았다. 설득을 하거나, 협박을 했을 뿐이야."

월야마령이 말했다.

"어려지기는 했지만, 형님을 상대로 설득이나 협박이 통하리라고 여길 정도로 어려지지는 않았습니다."

남장후가 피식 웃었다.

"좋아. 그럼 설득을 해보아라. 허락하마."

월야마령의 표정이 진지해졌다.

"삼 년. 그 시간만 허락해 주십시오."

"그렇다면?"

"둘째 형님과 셋째 형님은 큰 형님께 도움이 될 만한 정도는 성장하실 겁니다."

"너와 천살은?"

"죽이십시오."

남장후의 입가에 스산한 미소가 어렸다.

"설득을 허락했더니, 거래를 하자는 구나. 건방지게."

월야마령이 씁쓸하게 웃었다.

"이게 제가 할 수 있는 최선의 설득입니다."

천살마령이 울먹이며, 고개를 숙였다.

"그렇게 해주세요, 형님."

천살마령은 오대마령 중 가장 단호했다. 목에 칼이 들어와도 피하기보다는 적의 머리통을 부수려 주먹을 날리던 녀석이었다.

그런데 울려고 하다니.

정말 일곱 살 먹은 아이처럼 말이다.

남장후는 어이가 없어 코웃음을 치며 고개를 절레절레 흔들었다.

천마재생

괴겁마령이 말했다.

"동생들이 형님께 너무 많은 부담을 주었나 봅니다. 이제 되었습니다. 그저 원하시는 대로 하십시오."

그러며 괴겁마령은 눈을 감았다.

그러자 다른 세 명의 마령 역시 그를 따라 지그시 눈을 감았다.

남장후가 그들을 번갈아 본 후, 입을 열었다.

"지난 삼 년 동안, 많은 고민을 했다. 그 고민 중에는 너희에 관한 고민도 상당했지. 그러다 문득 깨달았다. 내가 너희를 매우 좋아한다는 사실을 말이다."

남장후가 천살마령에게 다가가 무릎을 꿇고 앉았다.

"너희는 틀렸다. 너희는 나를 조금도 알지 못한다."

천살마령이 귀엽게 한 쪽 눈만을 떴다.

그 순간 그는 부드럽게 웃고 있는 남장후를 볼 수 있었다.

"난 너희를 죽일 생각이 없으니까. 너희끼리만 형제가 아니야. 나도 너희의 형제란 말이다. 이 멍청한 녀석들아."

천살마령이 울먹이며 말했다.

"크, 큰 형님. 잘 못했어요."

"그래, 잘 못했지. 잘 못했다마다. 너희가 이렇게 되었다면 숨지 말고 나를 찾아왔어야지, 이 멍청한 녀석들아. 그래야 내가 너희를 지키지, 이 어리석은 놈들아."

천살마령이 양팔을 벌려 남장후에게 안겼다.

"으아아앙. 형님, 죄송해요. 잘 못했어요."

다른 세 명의 마령은 고개를 푹 숙이며 눈물을 흘렸다.

모두의 심정을 대표하여 괴겁마령이 말했다.

"형님. 저희가 형님을 너무 몰랐습니다. 죄송합니다."

남장후가 고개를 저었다.

"아니다. 나도 너희를 몰랐다. 이제부터 잘 알아보자.
예전보다 더 말이야."

"형님, 감사합니다."

남장후가 빙긋 웃으며, 천살마령을 들어 자신의 오른쪽
어깨에 앉혔다.

"자, 되었으니 혼자 고생하고 있는 막내를 보러 가자꾸
나. 그런데 왜 그 녀석은 어려지지 않은 게냐?"

월야마령이 말했다.

"오륜마공의 일원화를 시도할 때 막내를 배제했습니다.
실패하여 우리 넷에게 무슨 일이 생기면, 막내가 오륜마교
를 이끌어 가야 한다는 판단이었어요."

혈우마령이 덧붙였다.

"막내라도 남아야 형님이 찾아왔을 때, 힘이 되어 드릴
것 아닙니까?"

남장후는 가볍게 고개를 끄덕였다.

"그 녀석은 언제나 고생만 하는구나. 가자, 이번엔 내가

녀석의 힘이 되어주어야지 않겠느냐."

월야마령이 말했다.

"큰 형님."

"응?"

"저도 태워주세요."

남장후는 가만히 월야마령을 바라보다가, 빙긋 웃었다.

"내가 너희의 큰 형님이 아니라, 보모가 된 것 같구나."

그러며 손을 뻗어 월야마령을 자신의 왼쪽 어깨에 앉혔
다.

"가자."

남장후는 그렇게 말하며 돌아섰고, 괴겁마령과 혈우마
령은 그의 어깨에 올라타 히쭉거리는 동생들을 부럽다는
눈으로 바라보며 뒤따랐다.

†

암야호(暗夜湖).

오륜마교 내에서는 암야궁주가 이끄는 세력 암야회의
본거지를 그렇게 불렀다.

왜 그렇게 부르는 건지는 아무도 모른다.

호수 따위는 어디에도 없는데, 왜 검은 어둠의 호수라고
불리게 된 걸까?

그 답은 잔악마령이 알고 있었다.

"오륜마교를 창립할 시기였지. 우리 오대마령에게 반항하는 녀석들이 꽤 많았지. 큰 형님께서 우리가 배신하여 죽었다고 알았으니, 이번엔 자신들이 우리에게 칼을 꽂을 기회라고 여겼겠지. 뭐, 이해는 해. 명분도 충분했고. 하지만 우리를 너무 몰랐던 거지. 하여간 우리는 공포를 심어줄 필요가 있었어. 그 방법 중의 하나로 반란을 획책하는 놈들이나, 우리 모르게 헛짓거리를 하고 있던 녀석들, 혹은 뭐 그냥 마음에 들지 않는 놈들까지 모두 이곳에 모았지. 팔백 명? 그 정도 됐을 거야. 우리는 놈들을 엮어서 매달고, 발목을 잘라 온몸의 피를 뽑아냈지. 그 광경을 오륜마교의 교도 모두가 지켜보게 했어. 녀석들이 흘린 핏물은 땅을 가득 채우고도 남아, 마치 호수와 같았지. 그 광경은, 흐음, 꽤나 아름다웠어."

듣던 강위는 침을 꿀꺽 삼켰다.

무려 팔백 명이라는 사람이 비명을 질러대며 천천히 죽어가던 모습은 어떤 걸까?

상상이 되지가 않았다.

하지만 한 가지 확실한 건, 잔악마령의 말처럼 아름다운 광경은 아니었을 것이었다.

강위가 그런 생각을 하던 중에도 잔악마령은 말을 이어갔다.

"그 이후로 이 곳을 피와 비명의 호수라고 불렀다더군. 어찌되었든 그 날 이후로 대놓고 우리의 뜻을 거스르는 놈들은 없었어. 그리고 암야가 이 곳에 자신의 집을 세우겠다고 나섰지. 그 날은 잊혔지만, 호수라는 한 글자만은 남아서, 암야호라고 부르는 것 같구먼. 뭐, 다 내 생각일 뿐이야."

그러며 잔악마령은 강위를 돌아보았다.

강위는 침을 꿀꺽 삼키며, 그의 시선을 마주 대했다.

보석을 깎아 만든 것처럼 맑은 눈동자이다.

눈빛은 세상의 어둠 따위는 아무것도 모르는 아이처럼 초롱초롱하다.

강위는 잔악마령의 눈동자를 처음 본 순간 본능적으로 가지고 싶다는 욕심이 치밀었다.

하지만 지금은 달랐다.

잔악마령이 저토록 맑고 밝은 눈동자를 가지기 위해 얼마나 많은 희생을 치러야 했음을 알게 되었으니까.

잔악마령이 히쭉 웃으며 천천히 주변을 둘러보았다.

"아마도 오늘 이후로 암야호라는 이름을 잃게 될게야. 그리고 다시 피와 비명의 호수라고 불리겠지. 뭐, 한 동안은 말이야. 사람은 고통을 쉽게 잊거든. 그래야 살아갈 수 있으니까. 낫지 않는 상처를 달고 살아갈 수는 없지. 충분히 이해해. 하지만 그렇기 때문에 나도 이해를 받아야 해.

얼마나 고통스러웠는지를 상기시켜줌으로써 안녕과 평화를 유지하려는 나의 계획과 행동이 숭고한 대의를 품고 있다는 것을."

강위가 불쑥 물었다.

"정말 숭고한 대의를 품고 계십니까?"

잔악마령이 피식 웃었다.

"잘 지적했네. 거짓말이야. 그냥 노친네의 고집일 뿐이지."

"정말 이해받기를 바라십니까?"

"그것도 거짓말이야. 이해를 바라기보다, 이해받도록 만들기를 원해. 한 사람만을 제외하고는."

잔악마령이 휙 고개를 돌려 강위를 바라보았다. 아니, 강위 뒤에 있는 뭔가를 바라보는 듯했다.

그러며 지금까지의 태도와는 달리 공손한 모습으로 물었다.

"하지만 형님께서는 저를 이해하시지요?"

그러자 강위의 표정이 바뀌었다.

차갑고 무겁게.

강위의 입이 벌어졌다.

"이해한다. 막내야, 너는 제법 능숙해졌구나. 너는 잃은 것보다 얻은 것이 더 많구나. 그렇기에 내게 더욱 필요한 사람이 되었어."

잔악마령이 긴장어린 얼굴을 하며 물었다.

"제가 그리 필요하시다면, 다른 형님들을 꾸중치 말아 주십시오."

"꾸중이라. 혼날 일을 했으면 혼이 나야지."

"큰 형님. 제발, 부탁드리겠습니다. 우리 형제가 나누었던 우의를 잊지 마십시오."

"너는 네가 조금 전 했던 말을 잊었구나. 사람은 고통을 쉽게 잊지. 난 너희도 그럴지는 몰랐지만, 너희 역시 다르지 않았더구나. 우리가 너무 오랫동안 떨어져 지낸 탓이겠지."

잔악마령은 뭔가를 고민하는지 눈동자를 이리저리 굴렸다. 그러다 어느 순간 결심했다는 듯 외치듯 말했다.

"큰 형님! 다른 형님들이 없으면, 저와 오륜마교 역시 없습니다!"

강위의 눈빛이 싸늘해졌다.

"지금, 내게, 협박을 하는 것이냐?"

"협박이 아닙니다. 사실 그대로를 말씀드리는 것뿐입니다."

"그래? 사실이라. 세상에 나와 보니 많은 이들이 나를 잊었더구나. 하지만 지금의 너 만큼은 아니었다."

"형님. 저는 한시도 형님을 잊은 적이 없습니다. 다만, 함께 하고자 할 뿐입니다. 우리 모두가 말입니다. 이 나이가 되어 바랄 게 뭐가 있겠습니까? 우리 형제가 함께 어울려 살아가길 바라는 게 전부입니다."

"늙었구나."

"늙었지요. 그렇기에 무엇이 소중한지를 알게 되었습니다."

"나는 모르는 것 같더냐? 다시 태어났기에 지난 삶을 모두 잊은 것 같더냐?"

"형님. 그런 게 아니라, 제 말은……."

"좋아. 네가 그리 거래를 원한다면 들어주지. 동생들은 인질로 잡아두겠다."

그 순간 잔악마령의 눈이 커졌다.

"큰 형님?"

강위가 피식 웃으며 말했다.

"그래, 이 녀석아. 거래를 하잔 말이다. 네가 원하든 대로."

잔악마령이 환한 미소를 지으며 물었다.

"제가 뭘 드리면 인질을 풀어주시겠습니까?"

"오륜마교의 역도를 단죄하고, 내분을 정리하라. 그런 후 내게 바쳐라. 내일 아침까지."

잔악마령이 고개를 푹 숙였다.

"내일 해가 떴을 때, 오륜마교의 모든 교도들은 형님을 새로운 신으로 모실 것입니다."

"그리고 또 하나."

천마재생

"더 있었습니까?"

"다치지 마라. 네가 다치면 너희 형들도 다칠 것이다."

"큰 형님도요?"

강위가 빙긋 웃으며 고개를 끄덕였다.

"물론이지."

"지켜만 보실 겁니까?"

"우선 그럴 생각이다."

잔악마령의 눈매가 칼날처럼 얇아졌다. 입가에는 사나운 미소가 어렸다.

"그렇게 만들어드리지요. 재미난 구경꺼리가 될 겁니다."

강위는 그런 잔악마령의 표정이 맘에 든다는 듯 미소를 그리며 말했다.

"생각만큼 늙지는 않았구나."

강위가 표정을 지우며 고개를 뒤로 돌렸다.

"허수아비가 오는구나."

잔악마령이 강위의 시선을 쫓았다.

그곳에 수십 명을 등에 매달고 다가오는 광일궁주가 보였다.

†

허수아비.

현 오륜마교의 최대세력인 광일본가의 주인이며, 차기 교주위에 가장 가까운 권력자인 광일궁주에게 어울리는 수식어가 아니었다.

하지만 강위는 잔악마령의 설명을 들으며, 허수아비라는 수식어야말로 광일궁주를 형용하기에 가장 적당하다고 느끼고 있었다.

"우리는 집마맹이 오륜마교에 스며들었음을 깨달았을 때, 놈들을 털어낼 방법을 궁리했네. 일일이 찾아서 뽑아내기엔 가시가 너무 많이 박혀 있었지. 그래서 우린 한쪽에 몰아넣기로 했지. 그런 후, 깨끗하게 한 번에 잘라내면 낫겠다 싶었지. 어떻게? 그건 아주 쉬웠어. 광일, 그 녀석을 키워주기만 하면 되니까."

광일궁주를 키우는 것만으로 어떻게 집마맹을 몰아넣을 수 있다는 걸까?

"광일, 그 녀석은 팔대궁주 중 가장 욕심이 많아. 자신의 크기를 재지 않고, 더 많은 것과 더 높은 곳을 바라지. 욕심이 많은 녀석은 남을 제대로 못 봐. 오직 저 자신의 욕심만을 보지. 그렇기에 파탄이 일어나기 마련이야. 반면 암야는 제법 빼어난 녀석이야. 균형을 알고, 정치를 알고, 권력을 알지. 놈은 정말 아까워. 사실, 암야야말로 차기 교주감으로 우리가 내정한 녀석이기도 하지. 어찌되었건 광일은 힘이 생기면 더욱 욕심을 부릴 녀석이야. 아니나 다

97

를까 뒤를 받치는 집마맹을 무시하고, 손을 잡은 암야를 경계하기 시작하더군. 마치 제가 교주라도 된 것처럼 말이야. 허허허헛. 결국 광일에게 팽 당한 집마맹은 암야 쪽에 모여들 수밖에 없지. 암야는 광일의 세력과 균형을 맞추기 위해서 받아들일 수밖에 없고. 결국 이렇게 집마맹은 암야 쪽에 모였지."

강위는 감탄하여 속삭이듯 말했다.

"광일궁주는 정말 허수아비였군요."

"그렇지. 그냥 세워만 놓아두면, 곡식을 노리고 달려드는 새떼가 놀라 달아나게 해주었지. 이제 허수아비를 치울 때야."

그러며 잔악마령은 멀리 떨어져 있는 광일궁주를 노려보았다.

광일궁주는 현 오륜마교 내에서 열 손가락 안에 드는 고수이지만, 잔악마령과 강위가 나누는 대화를 듣지 못하고 있었다.

그의 예민한 귀에 들어오지 않을 정도로 떨어져 있기 때문일까?

아니었다.

수하들의 보고를 듣고, 암야회의 동정을 살피느라 다른 곳에 신경을 쓰지 못하는 탓이었다.

아무리 그렇다고 해도, 이렇게 큰 비밀을 광일궁주의 이

목이 들어오는 반경 내에서 아무렇지도 않게 떠들어대고 있는 잔악마령이 대단하다 싶었다.

그런 강위의 심정을 알았는지, 잔악마령은 웃는 낮으로 말했다.

"듣는다고 해도 달라질 건 없어. 놈은 이미 칼을 뽑았으니까. 등에 칼이 날아오는 걸 알았다고 해도, 돌아설 수 없지. 앞은 암야라는 대적이 버티고 있는데 어떻게 등을 돌리겠어?"

"광일궁주님은 끝이군요."

"난 그저 놈이 원하는 걸 주었을 뿐이야. 이렇게 된 건, 자연스러운 흐름일 뿐이지."

강위는 크게 한숨을 내쉬었다.

"저는 이제 아무것도 모르겠습니다. 제가 무엇을 하고 있고, 어디로 향해 가는지. 어떻게 될 지도요."

"사람이라면 누구도 몰라. 그저 아는 척 할 뿐이지."

"그분도 모릅니까?"

"모르지. 내가 아는 건, 큰 형님 또한 사람이라는 거야. 다만, 조금 특별한 사람일 뿐이지."

"조금요?"

"흐음. 조금, 많이? 허허허허허허허헛."

강위가 따라 웃으려다가 말고 문득 생각났다는 듯 물었다.

"그럼 오륜종가는요?"

"오륜종가? 그 녀석들이 왜?"

"암야회와 광일본가가 격돌했다는 소식을 접하면 오륜종가에서 어부지리를 노리지 않을까요?"

"그렇겠지. 그러라고 했으니까."

"네?"

잔악마령이 씨익 웃었다.

"아직도 모르겠나? 이건 내가 복권하기 위한 싸움이 아니야. 내 밭을 좀먹는 해충을 몰아 태워버리려는 것뿐이지."

"암야궁주님과 광일궁주님을 제외한 나머지 궁주님들은 본래 변심한 적이 없군요."

"이제야 알아듣는군."

강위는 넋이 빠진 얼굴로 멀리 떨어져 있는 광일궁주에게 고개를 돌렸다.

암야회를 급습하기 전, 마지막 점검을 하고 있는 그의 진지한 표정이 우스꽝스럽기만 했다.

"허수아비……."

잔악마령이 말했다.

"자네 검, 유명한 건가?"

"네?"

강위는 자신의 허리에 달린 검을 내려 보았다. 그리고

바로 고개를 저었다.

"아니요. 유명한 건 아닙니다. 다만 좋은 녀석임은 확실합니다."

"그래? 그럼 하루만 빌려다오."

강위는 조금도 지체하지 않고, 검을 들어 공손히 내밀었다.

그의 검을 받아 쥔 잔악마령의 손이 휘청하며 아래로 내려갔다가 다시 올라왔다.

무공을 잃은 그로서는 철검의 무게를 감당하기 힘든 모양이었다.

강위가 말했다.

"돌려주시지요. 대신 제가 검이 되어드리겠습니다."

잔악마령이 고개를 저었다.

"아니. 되었다. 자, 이 검을 유명하게 만들어주지. 내일 아침 해가 밝았을 때, 이 검을 모르는 사람은 세상에 없을 정도로 말이야."

강위가 눈을 깜짝였다.

대체 뭘 어쩌겠다는 걸까?

그때였다.

주변의 모든 이들의 고개가 한 쪽으로 쏠리는 것을 느끼고, 강위는 그들을 따라 시선을 두었다.

광일궁주가 서 있는 쪽이었다.

광일궁주는 입을 굳게 다문 채 자신을 바라보는 사람들을 천천히 둘러보았다.

그의 표정은 기쁜 것 같기도 했고, 슬픈 것 같기도 했으며, 기대에 찬 아이 같기도 했고, 불안에 떠는 죄수 같기도 했다.

그 수많은 감정을 고스란히 드러내던 그의 눈이 일순간 폭발할 것처럼 커졌다.

그리고 입이 벌어졌다.

"쳐라."

그의 짧은 한마디에 모여 있던 이들 모든 이들이 암야호를 향해 튀어나갔다.

암야호를 물들인 깊고 편안한 어둠은 그들이 일으키는 바람 소리에 깨어지고 있었다.

第六十四章.

시간 아깝지?

第六十四章.

시간 아깝지?

"급습이다!"

"방어하라! 방벽을 세워라!"

"으아아아아아악!"

"광일본가다! 광일본가가 쳐들어왔다!"

깊은 어둠이 깔린 암야호 곳곳에서 경고의 외침과 비명이 터져 나오고 있었다.

그러한 외침과 비명소리는 물들 듯이 점점 퍼져나가더니, 결국 암야호 전역에서 터져 나왔다.

하지만 정작 암야호의 중심부에 위치한 십층 높이의 전각, 암향루(暗香樓)는 여전히 조용하기만 했다.

이 안에 머무는 사람은 밖의 소리가 들리지 않을 정도로

105

깊은 잠에 들기라도 한 걸까?

아니었다.

암향루의 십층, 암야호 전체가 한 눈에 드러나 보이는 루대(樓臺)에 곰처럼 거대한 사내가 뒷짐을 쥔 채 서 있다.

암야궁주였다.

곰의 힘과 여우의 지혜를 가졌다고 알려진 자.

그는 자신의 세력이 무너져 가고 있는 광경을 지켜보면서도, 눈 한 번 찡그리지 않았다.

마치 남의 일이라는 듯했다.

암야궁주의 입이 열렸다.

"원인이 있어야 결과가 있지. 그건 불변의 진리야. 그러니 사건이나 사고라고 할 일들은 원인이 될 만한 과거라는 실이 꼬이고 엮여 발생한 결과라고 봐야겠지. 그러니 사고를 당하지 않으려면 미연에 실이 꼬이지 않도록 잘 정리해 두면 돼. 혹여 정리를 하지 못해 사고를 당한다면 조심스럽게 꼬인 실타래를 풀어 가면 되지. 그게 내가 살아온 방식이고, 내가 이 자리에 서 있는 이유야."

갑자기 암야궁주가 미간을 좁혔다.

"그런데 이건 도무지 모르겠군."

그러자 등 뒤의 어둠 속에서 목소리가 흘러 나왔다.

"광일궁주를 조금 더 경계해야 했습니다. 그랬다면 오늘의 사고는 일어나지 않았을 겁니다."

암야궁주가 고개를 저었다.

"아니. 절대 그렇지 않아."

"궁주. 지금 눈을 감고 계신 건 아니겠지요?"

"함부로 말하지 마라. 네가 비록 집마맹을 대표한다고 해도, 그럴 자격이 없다."

그러며 암야궁주는 고개를 돌려, 어둠에 묻혀 있는 사내를 노려보았다.

"넌 부활을 시도하는 집마맹의 일원이지만, 난 집마맹을 무너트린 사람 중 하나이다."

그 순간 어둠 속에서 두 개의 불꽃이 피어올랐다.

뒤이어 불꽃 밑으로 갈라지며 새하얀 치아가 드러나더니, 날카로운 송곳니를 드러냈다.

"암야궁주. 저는 많이 참고 있습니다. 알고 있지요?"

암야궁주가 비웃었다.

"아니. 대신 네가 참을 수밖에 없다는 것 정도는 알고 있지."

그러더니 다시 앞으로 고개를 돌렸다.

그리고 비명이 쏟아지는 암야호를 내려 보며 무겁게 목소리를 깔아 말했다.

"쥐를 막자고, 벽을 쌓을 수는 없지. 필요한 일엔 필요한 만큼의 힘만 쓰면 되는 거야. 광일궁주를 더 경계해야 했다고? 아니. 광일궁주는 딱 그만큼만 경계하면 되었어."

천마재생

집마맹의 대표라는 자가 물었다.

"그러면 왜 이런 일이 벌어졌다는 겁니까?"

암야궁주의 눈매가 칼날처럼 예리해졌다.

"뒤에 뭔가 있어."

"광일궁주의 뒤에 뭔가가 있다?"

"그러네. 뭔가가 있어. 내가 보지 못한 누군가가 광일을 움직였어. 그렇지 않고서야 광일이 나와의 동맹을 깰 리가 없지. 그는 욕심이 많지만, 그만큼 가진 것을 소중히 여겨. 확신이 있지 않으면 움직이지 않지."

"겁쟁이군요."

"맞아. 그는 겁쟁이야. 그런데 그 겁쟁이가 먼저 움직였다? 누군가 확신을 주었다고 봐야해. 나를 없애면 자신이 오륜마교의 교주가 될 수 있다는 확신. 누굴까?"

"설마 그가……?"

그렇게 말하는 집마맹 대표의 목소리는 떨렸다.

하지만 암야궁주는 고개를 가로저었다.

"아니. 그 분은 아니야."

"어떻게 자신하시오?"

"그 분이 꾸민 일이라면, 이런 사고 정도가 아니라 재난이 닥치겠지. 당신과 내가 이런 상의를 할 시간조차 없었을 걸?"

"그런다면 누구란 말이오?"

암야궁주가 빙긋 웃었다.

"그렇군. 찾았네."

암야궁주의 시선이 향한 곳을 향해 집마맹 대표의 눈도 돌아갔다. 내공을 더해 시력이 매처럼 확장되자 멀리 수천 장이나 떨어진 곳에 위치한 일단의 무리를 눈 안에 담을 수 있었다.

광일궁주의 직속무력단체이자 오륜마교 삼대전투집단 중 하나인 일광현단의 단원 삼십여 명이 뭉쳐 있었다.

마치 누군가를 호위하고 있는 듯한 모습이었다.

그들의 중심부에 노인 한 명이 보였다.

그 순간 집마맹의 대표가 신음같은 목소리로 속삭였다.

"잔악마령……."

암야궁주가 살짝 고개를 끄덕였다.

"이제야 그림이 제대로 보이는군. 역시 오교주님이란 말 밖에 안 나오는 구면. 무덤에 반쯤 묻었다고 여겼는데, 저렇게 기어 나오셨구먼. 허허허허허허허허헛."

"확실히 묻었어야지요."

"맞네. 나의 실수야. 두 번의 실수는 없어야겠지."

그러며 암야궁주는 휙 몸을 돌렸다.

그러자 집마맹 대표가 물었다.

"이제 움직이실 겁니까?"

암야궁주가 고개를 끄덕였다.

"그래. 이제 잠이 다 깬 것 같으니 움직여야지."

"저희는 어찌 도와드리면 됩니까?"

"도와? 돕는 게 아니라, 따르는 거야. 나의 명령을."

집마맹 대표가 다시 두 눈에 불꽃같은 살기를 뿜었다.

하지만 암야궁주는 가소롭다는 듯이 비웃음을 머금을 뿐이었다.

"개가 으르렁거릴 때는 겁먹었을 때뿐이지. 내가 굳이 이 순간에 자네의 목에 목줄을 채우는 수고까지 해야 하겠나?"

"여기까지 하지요. 이 이후는 내일 이야기 합시다."

"내일? 안일하군. 내일 따위는 없어. 오늘이 계속 될 뿐이야. 언제나."

집마맹 대표는 침을 꿀꺽 삼켰다.

"당신들은 그에게서 대체 뭘 어떻게 배운 거요?"

"그 분께 배운 건 하나 뿐이지. 지지 않는 방법."

그렇게 말하는 암야궁주의 눈빛은 매서워졌다.

집마맹 대표는 갈증을 느끼는지 한 번 더 침을 삼키더니, 지금까지와는 다르게 공손한 태도로 물었다.

"제가 뭘 하면 됩니까?"

그제야 암야궁주가 비웃음을 지우고 사무적인 어조로 말했다.

"오늘은 졌어. 방비할 틈 없이 당했으니까, 무슨 수를 쓴다고 해도 상황을 반전시킬 수는 없어. 하지만 다음에 이기기 위해서 뭐 하나는 챙겨 가야겠지?"

"광일궁주의 목?"

암야궁주는 코웃음 쳤다.

"이렇게 모르나? 놈의 목이 떨어지면 오히려 붙여주어도 모자란 판국에 뭐? 목을 따?"

"놈의 목을 붙여주다니요."

"이봐. 뒤를 좀 봐. 놈이 나를 밀어내면, 그 다음에 뭘 할 것 같나? 교주위에 오르겠다고 하겠지. 그 때는 지켜보던 모두가 나타나 놈을 공격할 거야. 오륜종가, 그리고 어디에 숨어 있는지 모를 빌어먹을 교주들까지. 그때가 오늘을 복수할 제대로 된 기회겠지."

"그럼 뭘 하면 됩니까?"

"광일에게 확신을 준 사람. 광일에게 명분을 준 사람. 광일이 교주가 될 수 있도록 밀어 올릴 수 있는 사람. 그가 없다면 광일이 오늘 나를 밀어낸다고 해도, 가질 수 있는 건 자신의 무덤 밖에 없겠지. 아! 그 무덤 제법 화려할 거야. 내가 만들어 줄 거니까."

"알겠습니다. 잔악마령의 목이군요."

"그래. 무슨 일이 있어도 오교주 만은 죽여야 한다. 바로 지금!"

집마맹의 대표가 고개를 숙였다.

"알겠습니다."

암야궁주가 픽 비웃었다.

"정말 알긴 아는 건가?"

집마맹의 대표가 이를 빠드득 갈며 외치듯 말했다.

"그 정도는 압니다!"

휘익!

바람이 갈라지는 소리와 함께 집마맹 대표의 모습이 어둠 속으로 사라졌다.

암야궁주는 피식 웃었다.

"예전 집마맹이 그립구나. 저런 어중간한 놈들을 데리고 재기하겠다고 하다니. 세상 참 만만한가봐."

그러며 암야궁주는 어깨를 으쓱했다.

"자, 그럼 나도 시늉 정도는 해야지. 내 아이들이 저리 죽어 나가는데 덜렁 내 몸만 빠져 나갈 수는 없지."

그러더니 암야궁주는 훌쩍 루대에서 뛰어 내렸다.

†

저울이 수평을 이루는 경우는 드물다.

한 쪽에 물방울 하나만 톡 떨어뜨려도 바로 기울고 만다.

그만큼 수평을 유지한다는 건 어렵고 힘든 일이다.

평화란 수평을 이룬 저울과도 같은지 모른다.

강위는 피로 물들어가는 암야호를 바라보며 그런 생각을 했다.

그러며 확신했다.

암야회는 무너졌다.

암야회 소속의 교도들은 광일본가의 급습에 대항하여 필사적으로 싸우고 있었지만, 한 번 기울어진 저울을 되돌릴 수는 없을 듯했다.

그렇기에 사기를 진작시키기 위해 곳곳에서 터져 나오는 암야회 소속 교도의 고함과 기합은 오히려 비명소리보다 애처롭게만 들렸다.

오늘 이후, 암야회라는 이름을 입에 머금는 교도는 아무도 없을 것이다.

그렇다면 광일궁주의 승리와 그의 영광을 노래하게 될까?

아닐 것이다.

강위는 고개를 돌려, 바로 곁에 있는 노인, 잔악마령을 바라보았다.

잔악마령은 그에게 빌린 검을 마치 지팡이처럼 집고 서 있었다.

제 몸 하나 간수하지 못하는 이 노인이야말로, 내일 아침 해가 떴을 때 오륜마교의 모든 교도들의 찬양을 받게 되겠지.

'강자(强者)라······.'

오륜마교는 강자만이 살아남는다.

그렇기에 모든 교도가 살아남기 위해, 그리고 위로 올라가기 위해, 진정한 강자가 되기 위해 노력한다.

강위 역시 마찬가지였다.

강해지기 위해서 무공을 완성시키려 했고, 세력을 모으려 했다.

하지만 오늘 강위는 진정한 강자란 자신이 생각했던 모습과는 다르다는 생각을 했다.

강자는 강한 자가 아니다.

그러면 진정한 강자란 대체 뭘까?

손을 뻗으면 잡힐 것 같은데, 직접 뻗어보면 아무것도 없는 것처럼 막연하기만 하다.

피로 물들어가는 암야호를 바라보고만 있던 잔악마령이 오랜만에 입을 열었다.

"팔대궁주가 큰 형님께 배운 건 단 한 가지 뿐이었지."

강위가 기다렸다는 듯이 바로 물었다.

"그게 뭡니까?"

잔악마령의 답변이 바로 진정한 강자가 무엇인지를 엿볼 단서가 되어줄 것 같아서였다.

하지만 잔악마령의 대답은 강위의 기대와 달리 싱거웠다.

"지지 않는 법."

"그렇군요."

강위는 실망하지는 않았다. 아직 알아듣지 못할 뿐이라고 여겼다. 그러니 대신 가슴에 새겼다.

언젠가 이 말의 진정한 의미를 알아들을 날을 꿈꾸며.

잔악마령이 말했다.

"그럼 우리 오대마령이 큰 형님께 배운 건 뭘까?"

강위의 눈이 커졌다. 그러며 조금 전의 질문과는 달리, 진중하면서도 느리게 물었다.

"무엇입니까?"

이 대답이야말로, 진정한 강자가 되는 가장 빠르고 확실한 방법이라는 생각이 들었기 때문이었다.

잔악마령은 조금 전처럼 대수롭지 않게 말했다.

"내가 큰 형님께 배운 건 단 한 가지 뿐이었지. 이기는 법."

강위는 이번에도 실망하지 않았다. 대신 조금 전 가슴에 새긴 답변을 지워버리고, 지금의 답변을 새겨 넣었다.

잔악마령이 설명하듯 말을 이어갔다.

"어떤 상황에 처해 있든, 상대가 누구이든, 이기는 거야. 그로써 내가 어떻게 되든 상관없어. 그저 이기는 거야. 그게 큰 형님께 배운 유일한 것이며, 우리가 오륜마교의 교주가 될 수 있었던 이유이지. 그리고……."

천
마
재
생

잔악마령은 무슨 생각이 들었는지, 피식 웃은 후 말을 이었다.

"팔대궁주가 우리 오대마령을 넘을 수 없는 이유이기도 하지."

팔대궁주는 지지 않는 방법을 배웠고, 오대마령은 이기는 법을 배웠다.

그렇기 때문에 팔대궁주는 오대마령을 넘을 수가 없다.

강위는 미치도록 궁금해졌다.

지지 않는 방법과 이기는 방법의 차이는 대체 무엇일까?

대체 그 차이가 무엇이기에, 오대마령과 팔대궁주를 나눌 수 있는 것일까?

하지만 강위는 잔악마령에게 묻지 않았다.

그 차이란 말로 설명해 줄 수 있는 게 아닐 것임을 느끼기 때문이었다.

대신 눈을 크게 떴다.

이제 곧 그 차이가 무엇인지를 잔악마령이 보여줄 것이라고 여겼기 때문이었다.

그의 기대를 저버리지 않기 위해서 일까?

잔악마령이 멀리 한 무리를 바라보며 속삭이듯 말했다.

"이제 미끼를 물었군."

강위는 잔악마령이 바라보는 쪽으로 고개를 돌렸다. 그

곳에는 암야회 소속의 교도 이십여 명 정도가 광일본가의
정예와 싸우고 있었다.

딱히 특이할 건 없었다. 눈동자를 살짝 돌려 암야호 어
디를 보아도 비슷한 광경을 펼쳐져 있기 때문이었다.

대체 왜 잔악마령은 저 이십여 명의 무리만이 다르게 느
낀 걸까?

잔악마령이 말했다.

"저 무리는 점점 숫자를 늘리며 이리로 접근해오고 있
어. 너무 자연스럽기에 어색하지. 안 그런가?"

강위는 무겁게 고개를 끄덕였다.

"그렇군요."

말마따나 그 무리는 강위와 잔악마령이 위치한 곳으로
점점 다가오고 있었다.

의도적인 접근인지를 알아채지 못할 정도로 자연스러웠
다.

잔악마령이 말하지 않았다면 코앞에 닥쳐서야 알아채지
않았을까 싶었다.

잔악마령이 히쭉 웃었다.

"암야는 지지 않기 위해 도망치려 했겠지. 놈은 머리가
매우 좋지. 그리고 자신의 머리를 믿어. 그렇기에 자신이
판단을 내릴 수 없는 일은 우선 피하지. 그러니 놈이 도망
치지 못할 만한 미끼가 필요해."

117

천마
재생

강위는 알았다는 듯 말했다.

"교주님이 미끼로군요."

"맞아. 내가 미끼야. 놈은 이 모든 상황이 내가 있기에 가능했다는 걸 바로 알아챘을 거야. 그러니 지지 않기 위해 어떻게 해서든 나를 제거하고 떠나야겠다고 결심했겠지."

"위험하군요."

"그래. 위험하지. 하지만 그래야 이겨. 이기기 위해서는 이 정도 위험은 감수해야지. 암야가 놓친 건 또 하나 있지."

"뭡니까?"

"광일을 너무 얕보고 있다는 거야. 광일 역시 큰 형님께 지지 않는 법을 배웠지. 그러니 광일은 암야가 나를 노리고 나타날 것을 알고 있어. 지금 광일은 이 주변 어디선가 나를 노리고 나타날 암야를 기다리고 있을 거야."

"사냥을 하는 사냥감을 사냥 하겠다?"

"말장난 같지만, 그런 거지. 사냥터에 나온 굶주린 짐승들처럼 저마다 사냥을 하는 거야. 실제로 누가 먹히고 누가 먹는지는 이제부터 알 수 있겠지. 두근두근하지 않은가?"

강위는 입술을 지그시 깨물었다.

사냥터를 즐길 수 있는 건 사자와 호랑이 뿐이다. 고양

118

이나 토끼는 그저 두렵기만 할 뿐이다.

그러니 강위는 조금도 두근두근하지 않았다.

지금의 자신은 고양이에 불과하니까.

하지만 언젠가 호랑이가 되어 이런 사냥터에 나오겠다는 각오를 했다.

오늘 이 사냥터에서 먹히지 않고 살아남는다면 말이다.

잔악마령이 히죽 웃었다.

"자, 시작된다."

접근하던 무리가 쏜살이 되어 잔악마령을 향해 날아오고 있었다.

†

집마맹과 오륜마교는 동류이다.

마치 한 배에서 나온 쌍둥이가 아닐까 싶을 정도로 닮았다고 해야 할까?

하기에 집마맹의 마인이 오륜마교 내부에 잠입하는 건 어렵지 않았다. 하지만 유지하기는 어려웠다.

오륜마교는 타 세력에 대할 때보다 내부인에게 더욱 잔인하고 사악하며 무자비하기 때문이었다.

강자만이 살아남을 수 있는, 오륜마교라는 가혹한 환경에 버틸 수 있는 건 집마맹의 마인 중에서도 정예 중의 정예인 일부 밖에 없었다.

지금 잔악마령을 노리고 날아드는 이들의 정체가 바로 그들이었다.

그들의 급습은 그들이 얼마나 치열하게 살아왔는지를 알려주겠다는 듯이 날카롭고 사나웠다.

하지만 그들을 가로막은 일광현단 또한 오륜마교 내에서 정예 중의 정예라고 일컬어지는 이들이었다.

일광현단은 기다렸다는 듯이 진형을 펼치더니, 집마맹 마인들의 급습을 그리 어렵지 않게 받아 넘겼다.

집마맹의 마인들은 당황하지 않고, 재차 공격을 준비했다. 하지만 일광현단은 그들이 공격해 오길 기다리지 않았다.

오히려 집마맹의 마인을 향해 뻗어 나왔다.

덕분에 잔악마령의 앞이 텅 비고 말았다.

집마맹의 무인 중 일부의 시선이 자신을 노리고 날아드는 일광현단이 아니라, 잔악마령을 눈에 담았다.

목표물이 무방비한 상태로 노출되어 있다는 건, 마치 절세미인이 눈앞에서 옷을 벗고 있는 것만큼 유혹적이기 때문이었다.

그건 본능이었지만, 치명적인 실수이기도 했다.

비록 짧은 순간이었다고 하지만, 일광현단이 그 틈을 놓칠 리가 없었으니까.

핏물이 튀어 올랐다.

동시에 집마맹 마인 중 여섯 명이 가슴이 꿰뚫린 채 쓰러지고 있었다.

이제 남는 집마맹 마인은 열다섯 명.

그들은 한 사람을 중심으로 뭉쳤다.

그들의 중심에 있는 이가 바로 집마맹의 대표였다.

그는 이를 으드득 갈며, 잔악마령을 노려보았다.

잔악마령의 앞은 아직도 노출되어 있었다. 일광현단은 굶주린 늑대처럼 집마맹의 무리를 어슬렁거릴 뿐이었다.

호위해야할 잔악마령은 내팽개쳐버리는 듯 했다.

혹시 호위할 필요가 없기 때문일까?

그렇다면 잔악마령이 무공을 되찾기라도 한 것일까?

'그럴 리가 없지.'

그저 잔악마령은 자신을 미끼로 사용하는 것뿐이다.

'이건 덫이야.'

그걸 알면서도 들어갈 수밖에 없는, 더럽게 유혹적인 덫이었다.

집마맹의 대표는 열다섯 남은 수하들을 향해 눈짓을 보냈다.

그 눈짓의 의미를 알아들은 수하들이 표정이 굳었다.

집마맹 대표가 살짝 고개를 끄덕이며 잔악마령을 향해 뻗어나갔다. 그러자 일광현단이 그를 공격하기 위해 몸을

121

날렸다.

하지만 일광현단의 검과 칼은 집마맹 대표가 아닌, 이어 날아온 그의 수하들의 몸에 막힐 뿐이었다.

집마맹의 마인들은 그렇게 목숨을 희생하여 일광현단의 공격을 받아냄으로써, 그들의 대표를 잔악마령 앞에 놓이 도록 만들어주었다.

집마맹 대표가 외쳤다.

"죽어라!"

그의 외침을 주변 사람 모두가 들었을 때엔, 그의 검은 이미 잔악마령의 목에 닿아 있었다.

딱 한 치만 더 들어가면…….

퍽!

집마맹 대표의 검은 목적지까지 고작 한 치를 남겨둔 채 멈출 수밖에 없었다.

그의 머리가 정수리에서부터 턱까지 갈라졌기 때문이었다.

그의 등 뒤에 도끼를 쥔 광일궁주가 서 있었다.

언제 나타난 걸까?

그리고 잔악마령의 왼쪽엔 지금까지 없던 사람 한 명이 있었다.

곰처럼 덩치가 커다란 사내, 바로 암야궁주였다.

암야궁주는 매섭게 잔악마령을 노려보고 있었고, 광일

궁주는 비슷한 눈으로 암야궁주를 노려보고 있었다.

하지만 잔악마령은 고개를 내린 채 시선을 땅에 두었다.

그 자리에 강위가 피를 흘린 채 쓰러져 있었기 때문이었다.

†

강위는 헐떡이며 자신을 내려 보는 잔악마령을 멍하니 바라보았다.

그러며 생각했다.

'대체 무슨 일이 일어난 거지?'

집마맹의 대표가 잔악마령의 머리를 잘라내려는 찰나, 어딘가에 숨어서 암야궁주가 나타나기를 기다리고 있던 광일궁주가 모습을 드러내고 집마맹 대표의 머리를 갈라 버렸다.

바로 그 순간 암야궁주가 나타났다.

암야궁주는 광일궁주가 자신을 노리고 숨어있다는 걸 알고 있었던 것이다.

잔악마령은 암야궁주를 부르기 위해 자신을 미끼로 사용했다면, 암야궁주는 광일궁주를 꾀고자 집마맹을 미끼로 사용한 거다.

암야궁주의 의도는 성공하여 한 번의 주먹질로 잔악마

령의 머리를 부수려는 찰나, 강위가 움직였다.

강위는 집마맹 대표를 지키고자 목숨을 희생했던 그의 수하들처럼, 몸을 날려 암야궁주의 주먹을 몸으로 받았다.

그렇게 해서 서로를 사냥하려던 모든 짐승들이 이렇게 한 자리에 모습을 드러내고 만 것이었다.

하지만 강위가 정작 궁금한 건 그런 정황 따위가 아니었다.

'대체 내가 왜 그런 거지?'

수라천마 장후에게 조종된 게 아니었다.

갑자기 몸을 날려 암야궁주의 공격을 막은 건 그의 본능이었고 의지였다.

대체 내가 왜 그랬던 걸까?

강위는 그 질문의 답을 보석처럼 맑고 깨끗한 잔악마령의 눈동자를 마주 보며 깨달을 수 있었다.

'난 당신에게 세뇌되었군!'

지금까지 그토록 친절하고 자세하게 설명해 주었던 이유가 바로 이 때문이었다.

그럼으로써 응원하게 만들었다.

충성하게 만들었다.

잔악마령이 이기는 광경을 보고 싶게 만들었다.

목숨을 바쳐서라도…….

'당했군.'

강위는 비로소 깨달았다, 자신은 바로 이 순간 이 장면을 위해 존재했었다는 것을!

잔악마령이 속삭이듯 말했다.

"운이 좋구나. 부상이 깊기는 하지만 죽을 정도는 아닌 듯하니."

강위는 화도 나지 않았다. 다행이라고 여기지도 않았다. 그저 이런 거구나 싶을 뿐이었다.

잔악마령이 말했다.

"너의 희생에 대한 대가를 충분치 치러주마."

강위는 조금도 바라지 않는다는 말을 하고 싶었다. 하지만 말을 할 수 있는 힘이 없었다. 다만 볼 수는 있었다.

그렇기에 다행이라는 생각이 들었다.

이 사냥터에서 결국 누가 최후의 승자가 될 것인지를 가장 좋은 자리에서 지켜볼 수 있을 테니까.

그의 심정을 읽었는지 잔악마령이 눈을 떼고, 고개를 들어올렸다. 그리고 자신의 왼쪽에 서 있는 암야궁주와 앞에 서 있는 광일궁주를 번갈아보았다.

모순된 상황이었다.

암야궁주는 잔악마령을 죽여야 한다. 하지만 광일궁주를 죽여서는 안 된다.

반면 광일궁주는 암야궁주를 죽여야 한다. 하지만 잔악마령이 죽도록 내버려 두어서는 안 된다.

그리고 잔악마령은 둘 모두를 죽여야 한다. 하지만 죽일 수 있는 힘이 없다. 그러니 광일궁주와 암야궁주가 격돌하여 같이 죽기를 바라야 한다.

세 사람 모두가 상대를 찌를 칼과 막을 방패를 들고 있다.

하지만 어디를 먼저 찌르고, 누구를 먼저 막아야 할지는 판별할 수가 없는 상황이었다.

아니, 찔러야 할지 막아야 할지도 알 수 없었다.

그렇기에 암야궁주는 잔악마령만을 노려본 채 움직일 수 없었고, 광일궁주도 마찬가지로 암야궁주를 바라만 볼 수밖에 없었다.

갑자기 잔악마령이 히쭉 웃었다.

"시간이 멈춘 것 같구나."

그러더니 오른발을 높이 들어올렸다.

"어디 내가 한 번 시간을 돌려 볼까?"

암야궁주와 광일궁주는 잔악마령의 오른발을 노려보았다.

그의 발이 왼쪽으로 놓이는 지, 아니면 앞으로 놓이는지에 따라 모든 게 결정되었다.

힘없는 노인의 한 걸음에 불과하지만, 그건 세 사람의 생명과 미래를 뒤바꿀 만한 큰 힘이 담겨 있었다.

왼쪽으로 움직이면 암야궁주는 잔악마령의 머리를 잘라

낼 수 있다. 그러면 광일궁주는 암야궁주의 목숨을 노리고 도끼를 휘두르기보다, 잔악마령을 지키기 위해 몸을 날려야 했다.

반면 잔악마령이 앞으로 발을 내딛는다면, 광일궁주는 암야궁주의 목을 노리기 위해 도끼를 휘두를 수가 있다. 그러면 암야궁주는 잔악마령을 포기하고 그대로 도주하는 게 옳았다.

암야궁주는 주먹을 꼭 쥐고, 광일궁주는 도끼를 움켜쥐었다.

잔악마령의 발은 아직도 공중에 떠 있었다.

대체 어디로 놓일까?

긴장감이 최고조에 이르렀을 쯤, 드디어 잔악마령의 입이 벌어졌다.

"시간 아깝지?"

동시에 발이 내려왔다.

그 순간 암야궁주와 광일궁주가 몸을 날렸다, 최후의 승자가 자신이기를 꿈꾸며!

그저 나이를 먹는다고 해서 지혜로워지는 건 아니다.

무슨 일을 했고, 어떤 사람들과 어울렸으며, 어떤 위기를 겪었고, 어떻게 넘겼는지에 달려 있다.

특히 강호무림이라는 바닥에서는 지금 죽는다고 해도

천마재생

천수를 누렸다고 할 수 있을 만한 나이가 될 때까지 살아남아 있다는 건 기적에 가깝다고 해야 했다.

그러니 잔악마령은 지혜로울 수밖에 없다.

아니, 지혜로운 정도가 아니다.

그는 나이 아흔이 되도록 강호무림이라는 척박한 세상에서 살아왔고, 강호무림의 정점이었을 뿐 아니라, 수라천마 장후라는 무림사상 최강의 존재와 어울려 지냈으며, 한때 강호무림 그 자체였던 집마맹을 무너트렸던 주역 중 한 명이다.

한때 그에게 오늘 같은 위기란 언제나 벌어지는 일상이나 다름없었다.

무공을 잃었다?

권력과 세력이 사라졌다?

그건 본래 아무것도 아니다.

다시 찾을 수 있고, 얻을 수 있으며, 빼앗을 수 있는 것들에 불과하다.

싸움이란, 삶과 죽음을 가로막은 불분명한 경계선 위에 걷는다는 건 전혀 다른 문제이다.

지닌 능력과 무력, 실력은 그저 생사를 결정짓는 유리한 도구 중 하나에 불과하다.

그보다 더 뛰어난 도구는 그 생사의 경계선이 어떻게 구분 지어져 있는지를 알아보는 눈이다.

그보다 더 뛰어난 도구는 그 경계선을 보는 정도를 넘어서 마음대로 그릴 줄 아는 지혜이다.

잔악마령은 자신이 그 정도로 지혜롭다고 여기지는 않았다. 다만 경계선을 살짝 비트는 수준의 장난은 칠 수 있다고 자부했다.

단 한 걸음.

고작 그것만으로 현 오륜마교 내에서 첫째 둘째를 오르내리는 고수인 암야궁주와 광일궁주의 목을 잘라낼 무기로 삼을 수 있을 정도로.

하지만 그 정도만으로는 부족했다.

암야궁주와 광일궁주는 역시도 생사의 경계선 위에 제법 많이 놀아본 인물이었다.

그렇기에 잔악마령은 한 가지 무기를 더 빼들어야 했다.

한 마디의 말이었다.

'시간 아깝지?'

라고 했던 그 한 마디.

그게 암야궁주와 광일궁주를 수렁에 빠트린 함정이었다.

그렇기에 잔악마령은 들어 올렸던 발을 왼쪽에 있는 암야궁주 쪽으로 뻗지 않아도 되었다. 그렇다고 앞에 위치한 광일궁주에게 내딛지도 않았다.

그저 본래 있던 그 자리에 내려놓았다.

그럼으로써 잔악마령은 삶과 죽음의 경계선 위에서 내려올 수가 있었다.

이제 그는 구경하기만 하면 되었다.

아직 경계선을 디디고 서 있는 암야궁주와 광일궁주 중 누가 죽음으로 내딛고, 누가 삶을 획득할 것인지를.

†

시간.

시간이 아깝다.

그 한마디는 암야궁주를 초조하게 만들었다. 더불어 광일궁주의 시야 역시 좁아졌다.

시간이란 그들이 중요시 여겼던 부분이었기 때문이었다.

암야궁주는 짧은 시간을 본다.

그는 시간이 없다.

현재 암야호는 그의 세력은 광일본가에 의해 빠르게 무너지고 있다.

광일본가의 고수들이 점점 이리로 접근하는 중이다.

시간을 더 끌었다가는 빠져 나갈 수도 없게 된다.

아쉽지만 물러날 수밖에 없다.

그렇기에 그는 잔악마령이 발을 내리는 순간, 도주하기로 결정했었다.

때문에 잔악마령의 발이 어디로 향하는 지는 그에게 더는 중요한 문제가 아니었다.

그는 바로 뒤편으로 몸을 날렸다.

반면, 광일궁주는 긴 시간을 본다.

암야궁주는 무서운 적이다.

음계와 모략에 한 수 위이다.

또한 정치에 능하다.

지금 풀어주었다가는 기회가 없을지 모른다.

암야궁주에게 긴 시간이 주어진다면 지금의 세력을 회복하여 다시 찾아올 것이다.

아니면 오륜마교를 반으로 나누어 차지할 수도 있다.

그렇기에 광일궁주는 잔악마령의 발이 땅에 닿기 전에 몸을 날렸다.

암야궁주를 향해서!

잔악마령을 지켜 명분을 유지하는 것보다는 지금 암야궁주를 죽여서 후환을 제거하는 쪽이 옳다고 결단을 내린 것이다.

그렇게 암야궁주는 뒤로 빠졌고, 광일궁주는 그를 향해 날았다.

그들의 선택에 잔악마령은 없었다.

그렇게 잔악마령은 생사의 경계선에서 내려올 수 있었다.

이제 암야궁주와 광일궁주, 단 둘만이 남았다.

그들은 생사의 경계선에서 내려올 수가 없다.

단 한 사람에게만 허락되는 삶을 차지하기 위해 겨루어
야만 한다.

그들을 둘러싼 하늘은 점점 밝아지고 있었다.

곧 떠오를 아침 해를 맞이할 수 있는 건 누구일지, 지금
은 누구도 알 수 없었다.

한 사람만을 제외하고는…….

†

암야호 중심부에 위치한 암향루.

암야궁주라는 주인이 떠나버린 이곳은 지독히 음울하기
만 하다.

그래서일까?

유독 이곳만은 어둠이 짙었다.

암야호 전체가 한 눈에 내려다보이는 노대의 위, 한 시
진 전쯤 암야궁주가 서 있던 바로 그 자리에 몇 사람이 서
있다.

두 명의 소년과 두 명의 아이, 그리고 한 명의 청년이었
다.

그들은 암야호 전역에서 벌어지는 참상을 가만히 바라

보고만 있었다.

비명과 괴성이 난무하고 죽이고 죽어가는 이들만이 가득한 대도, 청년과 소년, 그리고 아이의 표정은 담담하기만 했다.

청년이 입을 열었다.

"막내가 아주 쓸 만해졌어. 적이라면 좀 성가셨을 거야."

그러자 두 명의 소년과 두 명의 아이는 자신이 칭찬을 받았다는 듯이 방긋 웃었다.

하지만 이어진 청년의 말에 그들의 표정은 어두워졌다.

"하지만 여전히 마무리가 약해."

청년, 남장후는 혀를 찼다.

"쯧쯔쯔. 광일과 암야를 농락한 것까지는 좋아. 하지만 그랬다면 둘 모두가 빠져 나올 수 없는 수렁을 만들었어야지. 죽게 생겼잖아."

가장 나이가 많아 보이는 소년, 괴겁마령이 담담한 어조로 말했다.

"막내는 언제나 마무리가 어설폈죠. 애가 좀 착해서 그럽니다."

그 말에 뭐가 웃긴지, 모두가 헛웃음을 뱉었다.

남장후가 괴겁마령 쪽을 힐끗 본 후 가볍게 고개를 끄덕였다.

"알았다."

괴겁마령이 빙긋 웃었다.

"감사합니다, 형님."

그러자 이 자리의 막내인 천살마령이 물었다.

"저는 너무 멀어서 잘 보이지가 않습니다. 어떻게 되어 가고 있습니까?"

막내인 천살마령은 아직 여섯 살 정도의 체형에 이르렀기에, 일류고수 수준의 실력 밖에 회복할 수가 없었다.

때문에 암야궁주와 광일궁주의 대결이 잘 보이지 않는 모양이었다.

오대마령 중 둘째인 혈우마령이 설명해 주려는 입을 벌린 순간, 남장후가 먼저 말했다.

"암야는 물러났고, 광일은 달려들었다. 뻔하지 않느냐?"

천살마령이 바로 알아듣고 고개를 끄덕였다.

"그렇군요. 광일이군요."

"그래, 광일이지, 조금 더 살 녀석은."

그러며 남장후는 입가에 싸늘한 미소를 머금었다.

第六十五章.

넌 천하제일이었겠지

第六十五章.
넌 천하제일이었겠지

팔대궁주의 무공실력 중 누가 가장 낫냐고 묻는다면, 모두가 고개를 절레절레 흔든다.

그 누구도 모른다.

팔대궁주 본인들조차 붙어봐야 알 수 있을 거라고 여긴다.

그만큼 그들의 무공실력은 엇비슷하다.

주변의 지형, 그리고 날씨와 같은 환경 같은 요소들로 인해 결정될 수 있을 정도이다.

그리고 그들이 익힌 독문무공의 성격에 따라 갈라질 가능성이 더 컸다.

암야궁주는 바람이다.

그가 완성한 무공 취풍무형(就風無形)은 그를 바람으로 만들어준다. 그는 그저 불어오고 불어간다.

시작도 모르고 끝도 모르기에 떠돌 뿐이다, 적이 없는 곳을 향하여.

반면 광일궁주는 빛살이다.

그가 이룬 무공 양광섬파(陽光閃波)는 그를 빛살이 되게 한다.

그는 물러남을 모른다.

그저 뻗어나갈 뿐이다.

적이라는 어둠이 사라질 때까지.

하지만 빛살은 바람을 없앨 수는 없다.

그 어떤 강렬한 빛살 속에서도 바람은 그저 노닐 뿐이다.

그렇기에 무공의 성격만으로 따진다면 둘의 대결은 암야궁주에게 유리했다.

그렇지만 광일궁주에게는 주변의 환경이라는 이점을 가지고 있었다.

그러니 대등할 수 있었다.

다만, 한 가지!

그들에게는 닥치기 전에 알지 못했던, 갈림길이 있었다.

암야궁주가 물러섰다는 것.

그리고 광일궁주는 뻗어나갔다는 것.

그들은 몰랐다.

그 순간의 선택이 생사를 결정지었다는 것을.

콰콰콰콰콰콰콰콰콰!

광일궁주가 휘두르는 금빛 도끼는 빛살이 되어 암야궁주를 향해 마구 쏟아졌다.

하지만 암야궁주는 그 사이를 한가로이 노닐기만 했다.

광일궁주의 도끼가 그의 머리를 갈랐다 싶으면, 어느새 바로 옆에 서 있을 뿐이었다.

그렇기에 지켜보는 사람들은 암야궁주가 몸이라는 실체를 가지지 않았을지도 모른다는 생각까지 들었다.

그리고 더불어 예상했다.

이 대결은 암야궁주의 승리로 마무리 지어질 것이라고.

사나운 얼굴로 맹렬히 도끼를 휘두르는 광일궁주와는 달리 암야궁주는 산책을 나온 사람처럼 한가로워 보였기 때문이었다.

하지만 내실은 전혀 달랐다.

암야궁주는 죽어가고 있었다.

죽음의 그림자가 그를 휩싸고 있었다.

'이런 거로구나.'

암야궁주는 죽음의 영역에 한 발이 걸쳐진 지금에서야 죽음이란 것이 어떠한 것인지 알 수 있었다.

외로운 거다.

삶이 단번에 끊어지려는 하는 지금, 그는 사무치도록 고독했다.

대체 어쩌다 이렇게 된 걸까?

'그렇군. 시간을 아끼지 말아야 했어.'

잔악마령의 한 마디.

그 한 마디에 속고 말았다.

시간이 아깝다고 여기지 말아야 했다.

죽음은 그가 물러서기로 선택하지 말아야 했다.

그때 결정된 미래였다.

바람은 갈 곳을 몰라야 한다.

그런데 갈 곳을 정했다.

피하기로 했다.

실체를 인식하고 말았다.

그러니 그가 구사하는 취풍무형은 바람의 흉내를 낼 수는 있어도, 진정 바람이 될 수는 없었다.

실체를 가진 건 무엇이라도 무너트릴 수 있는 것이 바로 광일궁주의 부법(斧法), 양광섬파이다.

'여기까지로군.'

암야궁주는 더는 피할 수 없음을 느끼며, 취풍무형을 풀었다.

그리고 자신을 향해 날아오는 도끼가 아닌, 조금 떨어진 자리에서 구경을 하고 있는 잔악마령을 노려보았다.

나를 죽인 건 광일궁주의 도끼가 아니라, 당신이라는 듯이······.

서걱!

암야궁주가 정수리에서 사타구니까지 갈라져 반쪽으로 나뉘어 쓰러졌다.

그의 앞, 피에 물든 도끼를 쥔 광일궁주가 부들부들 떨고 있었다.

광일궁주는 믿기지 않는다는 듯이 암야궁주의 시체를 내려 보았다.

둘로 나뉜 몸을 붙이고 일어나 다시 덤벼들 것이라고 여기는지, 도끼를 쥔 손은 아직도 굵은 핏줄이 솟구쳐 있었다.

그렇게 시간은 멈춰 있었다.

어느 순간, 한적한 목소리가 흘러나와 멈춘 시간을 되돌렸다.

"축하라도 받고 싶은 게냐?"

잔악마령이었다.

그제야 광일궁주는 굳어 있던 몸을 풀고 어깨를 폈다.

그리고 입을 쩍 벌리더니, 하늘을 향해 우렁차게 외쳤다.

"암야궁주가 죽었다! 이제 내가 교주이다!"

그의 목소리는 암야호 전체에 울렸다.

141

사투를 벌이고 있던 암야회와 광일본가의 무인들 모두가 무기를 내리고 그가 있는 방향으로 고개를 돌렸다.

광일궁주는 거듭 외쳤다.

"이제부터 내가 교주이다! 나 광일궁주가 바로 교주란 말이다!"

그는 당장이라도 눈물을 흘릴 것만 같은 얼굴로 그렇게 외쳐댔다.

암야회의 무인들은 무기를 떨어트리며 무릎을 꿇었고, 광일본가 소속의 교도들은 무기를 높이 치켜들고 환호성을 질러댔다.

하지만 오직 한 사람, 잔악마령만은 비웃음을 머금을 뿐이었다.

그리고 이렇게 말했다.

"아니지. 아직 교주는 나이지."

그의 목소리를 들었는지 광일궁주는 고개를 내리고, 서늘한 눈으로 잔악마령을 돌아보았다.

"그렇군. 아직 당신이 남았지."

†

지혜롭다고 해서 모든 걸 아는 건 아니다.

그저 앞으로 이루어질 일을 미루어 짐작하고 대비를 하

거나, 혹은 자신이 의도한 방향으로 풀어지도록 유도할 뿐이다.

특히 사람 사이에 벌어지는 일은 변수가 많아서 예측한 결과를 도출하기가 힘들다.

사람이란 감정의 동물이기에 예측할 수 없는 돌발적인 행동을 이따금 벌이기 때문이다.

지금이 그랬다.

잔악마령은 광일궁주가 자신에 대한 살의를 품었음을 읽을 수 있었다.

"이런."

산악마령은 눈살을 찌푸렸다.

물론 광일궁주는 언제나 잔악마령을 죽이려 했다.

하지만 죽일 수가 없었다.

잔악마령에게는 이용가치가 있기 때문이었다.

그렇다면 지금 광일궁주가 뿜어내는 살기는 잔악마령을 더는 살려두어야 할 이용가치가 없다고 판단했기 때문일까?

그럴 리가 없었다.

경쟁자인 암야궁주를 죽이고 그의 세력인 암야회를 무너트린 지금, 광일궁주에게는 그 어느 때보다 잔악마령이 필요했다.

이후 오륜마교의 모든 지부와 지단의 대표를 모은 자리

143

를 만들고, 그 자리에서 잔악마령이 그를 정통의 계승자라고 선언하여야만, 광일궁주는 유일하며 진정한 오륜마교의 이대교주로 인정받을 수 있기 때문이었다.

그렇지 않으면, 광일궁주는 그저 힘으로 지위를 찬탈한 모리배에 지나지 않는다.

그런데 왜일까?

광일궁주의 살의는 너무나 뚜렷하다.

그의 눈동자가 뿜어내는 살기는 지금 당장 당신을 죽이겠다고 말하는 듯하다.

광일궁주는 도끼를 움켜쥔 채 잔악마령을 향해 걸음을 옮겼다.

"참 대단하십니다. 고작 한 마디 말과 한 걸음 만으로 암야를 죽이시다니."

잔악마령이 대꾸했다.

"아니. 죽인 건 네 도끼이지."

광일궁주가 피식 웃었다.

"아니지요. 당신께서 죽인 것이지요."

"그럼 그 도끼에 묻은 핏물은 뭐냐?"

"도끼는 내가 쥐었지만, 휘두른 건 교주님이시지요. 그리고 이제야 비로소 제가 제 도끼를 휘두를 차례인 듯합니다."

잔악마령이 눈을 얇게 좁혔다.

"내가 필요할 텐데?"

"필요하지요. 너무나 필요합니다. 하지만 교주님이 너무 무섭습니다."

"제 몸 하나 간수 할 수 없는 내가 무섭다?"

"조금 전 세 가지를 깨달았습니다. 첫 번째, 당신께서는 제가 당신을 이용하고자 하는 욕심을 이용하신다는 것을. 두 번째, 당신께서는 한 마디 말로 저를 죽일 수 있다는 것을. 그리고 세 번째, 당신을 죽일 수 있을 때 죽여야 한다는 것도."

"나를 죽이면 교주가 되지 못해."

광일궁주는 느리게 고개를 저었다.

"아니요. 당신을 죽여야 교주가 될 수 있습니다."

잔악마령이 방긋 웃었다.

"거기까지 깨달았구나."

광일궁주가 선언하듯 말했다.

"지금 당신을 죽인 후, 저는 다른 교주님을 찾아 나설 것입니다. 그 분들을 어떻게든 찾아내 제거할 겁니다. 필요하다면 이곳 흑산을 모조리 불태우고서라도 해낼 겁니다. 그리고 진정한 교주가 될 사람은 오직 저 뿐임을 세상에 알리겠습니다."

잔악마령이 흡족한 얼굴로 고개를 끄덕였다.

"좋구나, 좋아. 사람이 달라졌구나. 한 꺼풀을 벗은 느낌이야."

광일궁주가 정중히 고개를 숙였다.

"모두 교주님 덕분입니다."

"그래, 모두 내 덕분이지. 그러니 살려주면 안 되겠느냐?"

광일궁주가 빙긋 웃었다.

"장례는 성대히 치러드리겠습니다."

잔악마령이 과장되게 한숨을 푹 내쉬었다.

"별 수 없구나."

그러며 강위에게 빌렸던 검을 힘겹게 들어올렸다.

"최후결전을 벌여보자."

광일궁주가 코웃음을 쳤다.

"위엄을 유지하며 가시는 편이 낫지 않겠습니까?"

잔악마령이 살짝 고개를 저었다.

"해봐야 알지 않겠느냐?"

광일궁주는 어이가 없다는 듯 고개를 절레절레 흔들었다.

"해보지 않아도 알지 않습니까."

잔악마령에게 혹시 숨겨둔 한 수가 있지 않을까하는 경계심 따위는 없었다.

그가 검을 들어 올리는 순간 이미 느낄 수 있었다.

잔악마령은 무공을 잃었다.

회복할 수 있을지 없을지는 모르겠지만, 지금 당장 잔악마령이 할 수 있는 건 저 검을 들어 올리는 게 한계이다.

잔악마령이 아이를 타이르듯 말했다.

"해보면 알 수도 있을 것 같은, 최후의 한 수가 남아있어 서란다."

광일궁주가 눈썹을 좁혔다.

"최후의 한 수?"

"그래. 최후의 한 수. 일종의 저주이지."

"저주……. 저주라. 허허헛. 최후의 한 수치고 좀 유치하군요. 유언인 셈치고 들어는 드리겠습니다. 그 저주, 대체 뭡니까?"

잔악마령이 진지한 표정을 지으며, 낮고 무거운 목소리로 말했다.

"우리의 신을 부르는 게야."

광일궁주가 헛웃음을 흘리며 고개를 내저었다.

"신이라. 그렇군요. 신을 부르는 거로군요."

"그래! 신을 부르는 거야. 부름에 응해주실 지는 모르지만, 애원하는 거야. 신이시어. 저를 불쌍히 여기시어 내려오소서. 나를 가엽게 여기시어, 나를 핍박하는 무리를 응징하여 주시옵소서. 뭐 그러는 거지."

광일궁주가 담담한 표정으로 말했다.

"미친 척을 한다고 해도 살려드리지는 않습니다."

잔악마령이 빙긋 웃었다.

"한 번 알아보자꾸나. 내가 미친 건지. 아니면 신께서 나를 가여워 여기시어 부름에 응해주실 지를."

그러며 잔악마령은 천천히, 그리고 힘겹게 검을 들어 올려 하늘을 향해 높이 치켜들었다. 유지하기가 힘든지 검을 쥔 그의 손을 부들부들 떨었다.

그 모습을 지켜보던 광일궁주는 짧은 한숨을 내쉬며 속삭이듯 말했다.

"더 추태를 부리기 전에 보내드리는 게 도리겠지."

광일궁주는 도끼를 쥔 손에 힘을 주며 잔악마령을 향해 걸음을 내딛었다.

그 모습에 놀라서인지, 아니면 더는 검을 들고 있을 힘이 없어서인지, 잔악마령의 손이 벌어졌다.

그 순간 광일궁주는 걸음을 멈췄다. 그리고 긴장하며 자세를 취했다.

잔악마령이 들었던 검이 떨어지지 않고, 그대로 공중에 머물러 있었기 때문이었다.

검의 주변으로 짙은 어둠이 어린다.

그 순간, 잔악마령이 흥분어린 목소리로 말했다.

"나의 신께서 부름에 응해주셨구나."

검의 주변에 짙게 깔린 어둠이 사라지며, 푸른 빛살을 뿜어냈다.

영롱하면서도 신비로운, 그렇기 때문에 오히려 섬뜩한 기분을 자아내는 빛살이었다.

그 순간 광일궁주의 눈이 찢어질 듯 벌어졌다.

148 7

"서, 설마?"

광일궁주는 빠르게 고개를 저었다.

"아, 아니야. 그럴 리가 없어! 그분이 왜? 당신은, 당신 들 오대마령은 그 분을 배신했었잖아!"

잔악마령이 히죽 웃었다.

"너희는 의심했어야 했다. 우리가 감히 큰 형님을 배신 할 용기가 있었겠어?"

광일궁주는 휙 몸을 돌렸다. 그리고 빛살이 되어 날아 갔다.

그 순간, 어둠과 푸른 빛살에 휘감긴 검이 그를 향해 뻗 어나갔다.

쇄애애애애애애애애애애애액!

어둠과 푸른빛의 머금은 검이 황금색 빛살이 된 광일궁 주를 그림자처럼 쫓는다.

결국 광일궁주는 도주할 수 없다는 판단이 섰는지 몸을 휙 돌렸다. 그리고 손에 쥔 도끼를 휘둘렀다.

콰아아아아아아앙!

광일궁주의 독문무공 일광섬파가 허공을 마구 가르고 찢었다.

그의 도끼는 조금 전 암야궁주를 상대할 때보다도 빠르 고 강렬했으며, 날카로웠다.

하지만 어둠과 푸른빛을 머금은 검은 조금 전 암야궁주

149

천마재생

의 취풍무형보다 더욱 손쉽게 도끼의 궤적 사이를 노닐며,
광일궁주에게 접근했다.

"요, 용서를! 주인니······, 크헉!"

광일궁주는 검에 가슴이 뚫린 채 뒤로 넘어갔다.

그의 위로 어둠이 내려앉았다.

뒤이어 어둠 속에서 푸른빛으로 이루어진 두 개의 눈동
자가 떠올라 그를 내려 보았다.

광일궁주는 고통을 삼키며 힘겹게 속삭였다.

"주, 주인님. 요, 용서해주십시오."

푸른 눈이 깜빡인다.

"용서? 무엇을 용서하라는 게냐?"

"저, 저를."

"너는 내게 잘 못한 적이 없다. 그러니 용서를 구하지 않
아도 된다."

광일궁주가 희색어린 얼굴로 물었다.

"그, 그러시다면?"

하지만 푸른 눈동자의 목소리에 다시 절망으로 물들어
갔다.

"그저 넌 적이 된 것 뿐이야. 알지? 난 적을 놓아두지 않
는다."

위이이잉.

먼발치에 떨어져 있던 광일궁주의 황금색 도끼가 둥실

떠올랐다.

그리고 천천히 광일궁주를 향해 날아왔다.

광일궁주는 체념하며, 푸른 눈동자를 올려다보았다.

그리고 지금까지와는 달리 담담한 목소리로 말했다.

"주인님. 죽기 전 하나만 여쭈어 보아도 되겠습니까?"

"뭐냐?"

"제가 주인님을 처음 뵈었을 때 이런 말을 한 적이 있었지요. 저는 천하제일 나무꾼이었다고, 그게 너무 싫었다고, 그래서 저의 집 뒤편에 있는 숲을 모두 베어 없애면 그 굴레를 벗을 수 있을지 모른다는 치기어린 생각을 했었다고요. 하지만 아무리 천하제일 나무꾼인 저로써도 그건 불가능했었다고 말입니다. 기억나십니까?"

푸른 눈동자, 수라천마 장후가 말했다.

"기억난다."

"저는 또 이렇게 말씀드렸습니다. 우리 마을을 몰살시킨 집마맹을 통해 나무를 베어 숲을 없애는 게 아니라, 숲을 불태워 없애는 방법도 있음을 알게 되었다고 말입니다. 그리고 그 방법을 배우고자 무림인이 되기로 결심했다고 했지요."

"그랬었지."

"그때 주인님은 무슨 말씀을 하시려 했습니다. 그러다 그만두시었지요."

천마재생

"그랬던가?"

"네. 그랬습니다. 그 이후로 저는 항상 그때 주인님께서 제게 무슨 말씀을 하시려 했는지가 궁금했습니다. 저승길 노잣돈 삼아 말씀해 주셨으면 바랄 뿐입니다."

그 사이 황금색 도끼는 광일궁주의 머리 앞에 이르렀고, 그대로 멈췄다.

하지만 광일궁주는 도끼가 아닌 도끼 너머의 푸른 눈동자만을 가만히 바라보았다.

푸른 눈동자의 형태를 한 남장후가 말했다.

"기억이 났다. 그때 난 이리 말하려 했었지. 나라면 숲을 불태울 방법을 깨닫기 전에, 다 베어 없앴을 거라고."

그의 답변이 기대만 못했는지, 광일궁주는 허탈한 웃음을 지었다.

"허허허허헛. 그러셨군요. 저는 천하제일 나무꾼이 아니었나봅니다."

"아니. 넌 천하제일이었겠지. 다만, 내가 나무꾼이 아니었던 것뿐이다."

"다행입니다. 천하제일이라는 것, 하나 정도는 챙겨갈 수 있겠군요."

광일궁주는 만족한 얼굴로 눈을 감았다.

그 순간 그의 머리 위에 떠 있던 도끼가 뚝 떨어져 내렸다.

서걱.

맑은 소리와 함께 광일궁주의 숨소리가 멎었다.

그 광경을 지켜보는 모든 이들이 숨소리도 멎었다.

하지만 잿빛 하늘을 밝게 채색하며 슬며시 햇살이 고개를 들이미는 순간, 여기저기서 멈췄던 숨소리가 다시 흘러나왔다.

갑자기 우렁찬 외침이 터졌다.

"경배하라! 우리의 신께서 돌아오셨다! 우리의 신 수라천마께서 돌아오셨다!"

잔악마령이었다.

그러며 잔악마령은 푸른 눈동자의 형태를 한 수라천마가 있는 방향으로 몸을 숙여 절했다.

뒤이어 광일본가의 교도와 암야회의 생존자는 너나 할 것 없이 잔악마령처럼 무릎을 꿇었다.

그렇게 오륜마교의 총단, 흑산을 음울하게 채색했던 짙고 길었던 밤이 떠나갔다.

그리고 새로운 아침이 시작되었다.

아니, 새로운 시대가 시작되려 하고 있었다.

†

강위는 달리고 달렸다.

가슴은 터질 것 같고, 호흡은 끊어질 것 같았다.

그럼에도 멈출 수가 없었다.

어떻게든 도망쳐야 했다.

저 하늘 위, 태양 대신 떠있는 거대한 푸른 눈동자가 보이지 않는 곳까지.

하지만 아무리 달려도 제자리이다.

보폭을 넓히고 속도를 높여 보았자, 조금도 앞으로 나아갈 수가 없었다.

그렇기에 강위는 미칠 것만 같았다.

그런 강위가 가소롭다는 듯, 사방에서 비웃음 소리가 흘러나왔다.

그리고 푸른 눈동자가 뿜어내는 빛살이 사슬이 되어 그를 휘감았다.

아무것도 할 수가 없다.

강위는 체념하며, 고개를 들어올렸다.

그리고 자신을 굽어보는 태양처럼 거대한 푸른 눈동자를 마주 보았다.

강위는 말했다.

"이제 그만 저를 놔주십시오!"

푸른 눈동자는 비웃을 뿐이다.

그리고 어느 순간 눈동자가 뿜어내는 푸른빛이 더욱 밝아져 가더니, 이내 세상을 새파랗게 물들였다.

동시에 목소리가 흘러 나왔다.

"오라버니? 오라버니!"

그 순간, 강위는 두 눈을 치켜떴다.

"오라버니? 정신이 들어요? 제가 보여요?"

익숙한 목소리이다.

하얗게 물들었던 시야가 점점 윤곽을 드러내며, 한 여인의 얼굴을 드러냈다.

이 또한 익숙한 용모였다.

강위는 기억을 헤집어 그 안에서 여인의 이름을 끄집어 냈다.

"청지?"

류청지.

오륜마교의 후기지수들이 사모임 성륜연의 부연주이자, 광일본가 소속 하위단체인 현문단의 소단주.

그리고 서로 입 밖으로 꺼낸 적은 없지만, 혼인을 한다면 이 사람과 할 것이라고 여기는 관계였다.

류청지가 환한 얼굴로 외치듯 말했다.

"맞아요! 저에요!"

그러며 그녀는 소매로 눈가를 닦았다. 그녀의 두 눈은 퉁퉁 부어 있었다.

꽤나 울었나 보다.

강위는 그녀의 얼굴을 물끄러미 바라보다가 살포시 미

155

소를 지었다.

"못 생겨졌네."

류청지가 입술을 삐쭉 내밀었다.

"거울 좀 가져다 드려요? 지금 오라버니 몰골이 어떤지
알면 그런 말씀 못할 걸요?"

"나야 원래 못 생겼으니까 괜찮아."

그러며 강위는 상체를 일으키려 했다. 하지만 고통만 밀
려들 뿐, 몸이 움직이질 않았다. 대신 식은땀이 흘러내려
그의 전신을 적시었다.

류청지가 그의 어깨를 붙잡으며, 걱정 어린 얼굴로 말
했다.

"누워 계세요. 아직 움직일 수 있을 정도가 아니에요."

강위는 힘을 풀며, 천장을 올려다보았다. 수십 대, 아니
수백 대를 얻어맞은 것 만 같았다.

때문에 온몸은 멍이 든 것처럼 욱신거렸고, 머리는 안개
가 낀 듯이 몽롱했다.

강위가 속삭이듯 말했다.

"얼마나 지난 거냐?"

"사흘이요."

"사흘……. 사흘이라."

강위는 천장 위로 자신은 조금 전이었다고 기억하는, 하
지만 류청지의 말로는 벌써 사흘이나 지나버린 그 밤의 일

을 떠올려 보았다.

그 날.

암야궁주와 광일궁주.

그들은 분명 오륜마교를 좌지우지하기에 충분한 인물이
었다.

하지만 잔악마령은 어린아이를 희롱하듯 그들을 가지고
놀았다.

그리고 그 모두를 저 높은 곳에서 내려 보던 초월적인
존재.

'수라천마 장후!'

그의 이름을 마음속으로 부르짖으니, 풀어졌던 몸에 다
시 힘이 어린다.

강위는 갑자기 벌떡 상체를 들어올렸다. 그리고 지금까
지와는 달리 엄숙한 표정으로 말했다.

"누워 있을 시간이 없구나."

류청지는 침을 꿀꺽 삼키며, 강위의 얼굴을 살폈다.

뭔가 좀 변했다는 느낌이 들어서였다.

부상이 깊어서 일까?

강위의 시선이 류청지를 향했다.

"지난 사흘동안 무슨 일이 있었는지 알려다오. 지금 당
장."

그 순간 류청지는 작살에 꿰뚫린 잉어처럼 퍼덕거렸다.

마주한 강위의 눈빛은 그녀가 지금껏 알던 강위가 아니었다.

그저 기분 탓인지 모르겠지만, 마치…….

'궁주님들 같아.'

†

잔악마령은 오륜마교의 교주자리를 되찾았다.

복권한 그는 광일본가와 암야회의 해체를 선언했고, 더불어 오륜종가 역시 같은 조치를 취했다.

반항은 없었다.

모두가 공손히 잔악마령의 뜻을 따라 움직였다.

암야궁주와 암야회가 어찌 몰락하는 지를 보고 들었던 까닭이었다.

그리고 광일궁주가 어떻게 죽었는지가 전해졌기 때문이었다.

그리고 그 지독한 밤을 물리며 떠오르는 해와 함께 울려 퍼진 외침을 기억하기 때문이었다.

우리의 신께서 돌아오셨다!

우리의 신 수라천마 장후께서 돌아오셨다!

누가 수라천마 장후에게 반항할 수 있을까?

그 누가 우리의 악신을 대리하는 잔악마령에게 대항할

수 있을까?

그저 따를 뿐이었다.

그렇게 단 사흘 만에 잔악마령은 오륜마교를 정비할 수 있었다.

이제 오륜마교는 새로운 시대로 접어든 것이다.

사람 사이의 분쟁을 마치고 사람의 형태를 한 신에 의해 통치되는, 악신(惡神)의 시대로!

†

뚜벅, 뚜벅, 뚜벅, 뚜벅.

강위는 계단을 오르고 있었다.

계단은 끝이 보이지 않을 만큼 높았다.

하늘에 닿아있지 않을까 하는 생각이 들 정도였다.

아직 몸이 성치도 않은 그가 걸어오를 수 있는 높이가 아니었다.

때문에 그의 옷은 흘러내린 땀에 흥건히 젖어 있었다.

상처가 벌어졌는지, 복부 쪽은 붉게 물들어 있기도 했다.

그럼에도 강위는 멈추지 않았다.

계단 저편, 끝이 보이지 않는 위만을 올려다보며 발을 내딛었다.

이곳은 흑단봉(黑檀峰).

오륜마교의 교주에게만 출입이 허락되는 신성한 제단.

그곳에 자신을 부른 잔악마령이 있기 때문이었다.

"헉, 헉, 헉, 헉, 헉, 헉."

강위는 거친 숨을 내쉬며, 고개를 아래로 내렸다.

더는 계단이 없다.

드디어 흑단봉의 정상에 오른 것이었다.

당장 쓰러지고 싶었다.

부상을 입은 복부가 타들어가는 것만 같았다.

하지만 강위는 오히려 어깨를 폈다.

그는 사흘 전, 수라천마 장후에 의해 조종을 당하던 하루 동안 많은 것을 깨달았다.

그 중 가장 크게 깨달은 것이 무엇이냐고 누군가 묻는다면 이리 말할 것이다.

내 의지로 내 삶을 살아간다는 것이야 말로, 무엇보다 행복하고 어려운 일이라고.

지금, 자신의 의지로 몸을 움직일 수 있는 이 순간이 강위에게는 너무나 소중했다.

그리고 앞으로도 이런 순간이 계속 되기를 바랐다.

하지만 바라기만 해서는 안 된다.

암야궁주와 광일궁주같은 거물조차도 잔악마령에게 꼭 두각시처럼 조종되어 왔음을 알았다.

잔악마령 또한 수라천마 장후라는 초월적인 존재의 그늘 속에 머물러 있음을 보았다.

그러니 자신의 의지대로 살아가려면 배워야 한다.

알아야 한다.

깨달아야 한다.

그러기 위해서 항상 움직여야 한다.

잠시라도 멈춰 있으면 누군가의 올가미가 내려올 것이다.

그때였다.

"너냐?"

강위는 생각을 멈추고, 목소리가 들린 쪽으로 고개를 돌렸다.

그곳에는 대여섯 정도로 보이는 귀엽게 생긴 아이가 노인처럼 뒷짐을 쥔 채 서 있었다.

아이는 강위를 아래위로 쓸어본 후 말했다.

"듣던 것과는 달리 제법 단단해 보이는 구나. 어린 녀석치고는 제법 괜찮아."

강위는 물끄러미 아이를 바라보았다.

예전 같으면 버릇없다고 한 대 쥐어박은 후에 무시했을 것이다.

하지만 지금은 달랐다.

아이이지만 아이 같지 않은 표정을 짓고, 아이답지 않은

161

말을 하고 있다.

그러니 아이가 아니다.

아니, 이곳 흑단봉에 머물러 있다는 것 자체만 보아도 아이일 수가 없다.

강위는 정중히 포권을 취했다.

"감사합니다."

아이가 흡족하다는 듯한 미소를 지었다.

"알아보는 눈도 있고, 괜찮네. 따라 오너라."

그러며 아이는 휙 몸을 돌려 걸어갔다.

강위는 힘겹게 걸음을 내딛어 아이의 뒤를 따랐다.

얼마 지나지 않아, 자그마한 정자(亭子)가 모습을 드러 냈다.

그 안에 한 명의 아이와 두 명의 소년, 그리고 한 명의 청년이 앉아 있었다.

그리고 그들의 옆에 잔악마령이 술병을 든 채, 공손히 서 있었다.

마치 웃어른들의 시중을 드는 듯한 모습이었다.

그렇기에 강위는 자신의 눈을 의심했다.

저 모습을 어찌 받아들여야 할지 알 수가 없었다.

강위를 안내한 아이가 청년을 향해 고개를 숙였다.

"데려 왔습니다."

청년이 천천히 고개를 돌려 강위를 바라보았다.

그와 눈이 마주친 순간 강위를 벼락에 얻어맞은 듯한 기분을 느꼈다.

그리고 바로 알아볼 수 있었다.

저 청년이 누구인지를!

강위가 부들부들 떨며 절했다.

"가, 강위가 교신(敎神)을 뵙습니다."

청년, 남장후가 눈을 좁혔다.

"교신?"

공손한 자세로 서 있는 잔악마령이 말했다.

"요즘 교도들이 큰 형님을 그리 부른다고 하더군요."

"교신이라. 악신(惡神)이 아니라?"

잔악마령이 머뭇하다가 말했다.

"그렇게도 부른다고 하더군요."

남장후가 피식 웃었다.

"그게 차라리 낫구나."

그러더니 손을 내려 무언가를 집더니 휙 하고 강위를 향해 집어던졌다.

강위는 고개를 들지 않은 채, 자신의 머리 앞에 떨어진 물건을 바라보았다.

잔악마령에게 빌려주었던 자신의 검이었다.

잔악마령의 목소리가 들린다.

"그 검, 빌릴 때 유명하게 만들어 준다고 했지?"

천마재생

강위는 고개를 끄덕였다.

"그러셨지요."

"약속 지켰다."

강위는 침을 꿀꺽 삼켰다.

수라천마 장후가 빙의하여 광일궁주의 가슴을 꿰뚫은 검이다.

그러기에 유명하지 않을 수가 없었다.

잔악마령이 물었다.

"그 검, 이름이 없다고 했지?"

"네. 그렇습니다."

"이름을 지어야 할 것이야. 앞으로 네게 그 검의 이름이 무엇이냐고 물을 사람이 많을 터이니."

강위가 침을 꿀꺽 삼킨 후 고개를 치켜들었다. 그리고 남장후를 바라보며 물었다.

"무어라 지으면 되겠습니까?"

그 순간 남장후가 말했다.

"그게 누구의 검이더냐?"

"저의 검입니다. 하지만 이 검의 이름을 지을 자격이 제게 없습니다. 그러니 이름을 하사하여 주시옵소서."

남장후가 살포시 미소를 지었다.

"욕심이 생겼구나."

"아니옵니다. 그저, 이름을 가지고 싶을 뿐입니다. 이름만 하사하여 주시옵소서. 나머지는 제 스스로 이루겠습니다."

소년과 아이, 모두의 시선이 강위를 향했다.

소년 중 하나가 말했다.

"지어주시지요?"

오대마령 중 첫째 괴겁마령이었다.

남장후가 빙긋 웃었다.

"마음에 드느냐?"

괴겁마령이 고개를 끄덕였다.

남장후가 벌떡 일어났다.

"좋다."

휘잉.

남장후의 몸이 사라지더니, 강위의 앞에 나타났다.

바닥에 떨어져 있던 강위의 검은 어느새 그의 손에 들려 있었다.

남장후가 검날을 쓰다듬으며 말했다.

"이 검의 이름은 수라(修羅)!"

강위의 몸이 부들부들 떨렸다.

수라라니!

수라천마 장후가 자신의 별호 중 첫 두 글자를 이름 붙이다니!

거기까지 바란 건 아니었다.

수라라는 이름이 붙은 이상, 이 검은 마검이 된다.

보물이 된다.

온 세상 모든 이들이 욕심내리라.

남장후의 목소리가 들렸다.

"감당할 수 있겠느냐?"

강위는 고민했다. 머리가 터져 버릴 정도로 수많은 생각이 교차했다.

어느 순간 강위가 벌떡 몸을 일으켰다.

그리고 외치듯 말했다.

"감당해 보이겠습니다!"

남장후가 흐뭇한 미소를 지으며 검을 내밀었다.

강위는 공손히 두 손을 뻗어, 검을 받아 들었다.

수라검(修羅劍).

강위는 자신의 검이 무겁다는 생각이 들었다.

그리고 낯설었다.

하지만 수라검이 가벼워지고 익숙해지도록 하리라.

그때의 난 자신의 의지로 살아갈 수 있는 힘을 얻어 있으리라!

남장후가 휙 몸을 돌려 정자를 향해 걸어가며 말했다.

"자. 그럼 하던 이야기나 마저 하자. 시공지보(時空至寶)가 나타났다고?"

第六十六章.

저 분이 내 형이야

天魔再生

第六十六章.

저 분이 내 형이야

'시공지보?'

강위의 귀가 쫑긋 섰다.

시공지보(時空至寶)!

주인에게 강호무림을 제패할 힘을 부여한다는 여섯 개의 보물, 육대지보.

그 중에서도 첫 번째라고 거론되는 보물이 바로 시공지보였다.

시공지보의 정체가 무엇인지는 아무도 모른다.

그 보물이 주는 힘이 무엇인지도 아는 사람이 없다.

다만 입에서 입을 타고 이렇게 전해질 뿐이다.

시공지보의 주인은 다른 다섯 개의 보물을 모두 합한 것보다 월등한 힘을 가지게 되리라고.

그 전설의 보물, 시공지보가 나타났다?

'그런데 이거, 내가 들어도 되는 이야기인가?'

강위는 긴장하며 눈치를 살폈다.

많이 알고 미리 안다는 건, 살아가는 데 큰 힘이 된다.

하지만 알 필요가 없거나 알아서 안 되는 것까지 알게 된다는 건, 오히려 걸림돌이 된다.

사흘 전, 강위가 수라천마 장후에게 조종되어 오륜마교를 둘러싼 분쟁의 중심에 자리하여 여러 가지 일을 겪으면서 얻은 깨달음 중 하나였다.

강위는 그만 물러남을 청할까 하는데, 잔악마령이 갑자기 그를 향해 손짓했다.

"위아야. 이리 와서, 술시중 좀 들어라. 막내라고 너무 부려먹는 통에 힘들구나."

강위는 몸이 딱딱하게 굳었다.

'위아(委兒)?'

조부가 손주를 부를 때나 나올 법한 친근한 이름이다.

말투 역시 진짜 조부라도 된다는 것처럼 부드러웠다.

오륜마교의 최고 권력자인 잔악마령에게 이름을 불린다는 건 엄청난 일이다.

그 자체로써도 막강한 권력이다.

이 사실이 교내에 퍼진다면, 잔악마령의 측근으로 인정

받을 수 있을 테니까.

하지만 강위는 기쁘기보다 걱정이 앞섰다.

잔악마령의 친절에는 악의가 깔려 있음을 알고 있었기 때문이었다.

또 무슨 올가미를 씌우려고 하는 걸까?

'응? 잠깐만. 막내라고?'

강위는 휙 고개를 들어올렸다. 그리고 남장후의 곁에 앉아있는 두 명의 소년과 두 명의 아이를 둘러보았다.

남장후와 잔악마령의 시중을 드는 아이들인 줄 알았었다.

아니었나?

'서, 설마?'

강위를 이리로 안내했던 아이가 투덜거리듯 말했다.

"막내, 이 녀석. 어디서 대접을 받으려고? 어린 녀석이 빠져가지고."

잔악마령이 답답하다는 듯이 말했다.

"형님들. 저도 이제 나이가 여든 다섯입니다. 그리고 보시면 알지 않습니까?"

이제 아홉 살이나 되었을까 싶은 새하얀 피부를 가진 아이, 월야마령이 눈을 얇게 좁혔다.

"나이가 여든 다섯 뭐 어째? 보면 알아? 알긴 뭘 알아! 이런 되먹지 않은 녀석을 보게. 아하. 우리가 반노환동을 해서 어려졌으니까, 이 참에 서열을 바꾸어 보자?"

천마재생

열 두엇 정도로 보이는 소년, 혈우마령이 눈을 지그시 감더니 속삭이듯 말했다.

"언젠가 이런 날이 올 줄 알았지. 막내가 너무 컸어."

귀여운 아이의 외모를 한 천살마령이 고개를 마구 끄덕였다.

"그렇죠, 형님? 조금 전에도 저만 술을 안 따라주는 거봐요. 이게 뭡니까, 이게? 빙당(氷糖)이나 먹으라니요. 제가 앱니까?"

그러며 천살마령은 짧은 팔을 뻗어 빙당을 들고 마구 휘저었다.

모두가 입을 다물고 가만히 천살마령을 바라보았다.

천살마령이 귀엽게 눈을 깜빡이며 물었다.

"왜들 그럽니까?"

괴겁마령이 모두를 대신해 입을 열었다.

"너는, 흐음, 술을 안 마시는 게 낫지 않아?"

"왜요? 술이 눈앞에 있는 데 어떻게 안 마십니까?"

혈우마령이 입을 쩝쩝 다시며 머리를 긁적였다.

"너는 그냥 좀, 어떻게든 안 마셔봐. 한 오 년 정도만."

"형님들까지 왜 이러십니까!"

천살마령은 그렇게 외치며 울먹거렸다. 나이가 어려진 탓에 감정조절이 잘 되지 않는 모양이었다.

남장후가 그런 천살마령을 가만히 바라보다가 짧은 한

숨을 내쉬었다.

"우리가 어쩌다 이렇게 된 건지 모르겠어."

그러자 오대마령 모두가 답답하다는 듯이 한숨을 내쉬었다.

반면 강위는 침을 꿀꺽 삼켰다.

그들의 대화를 듣는 동안 비로소 확신할 수 있었다.

저 아이들의 정체가 바로 교주들이었다니!

불편한 침묵이 맴돌았다. 그러자 어느 순간 잔악마령이 기회라는 듯 재빨리 강위에게 손짓했다.

강위는 머뭇머뭇하다가 조심스레 정자의 계단을 올라가 잔악마령 옆에 섰다.

그러자 잔악마령은 들고 있던 술병을 내어주고, 바로 빈자리에 앉았다.

그러자 천살마령이 뾰족한 목소리로 외쳤다.

"앉지 마! 내 자리야!"

잔악마령이 미소 지었다.

"그럼 형님께서 지금 앉아계신 자리에 제가 앉을까요?"

천살마령이 도리질 쳤다.

"아니! 이 자리도 내 자리야!"

그 모습이 귀엽다는 듯이 잔악마령의 미소는 짙어졌고, 다른 마령들은 한숨을 늘어트렸다.

남장후가 말했다.

173

"하던 얘기나 마저 하자. 시공지보가 나타났다고?"

잔악마령이 미소를 지우고 심각한 얼굴로 고개를 끄덕였다.

"네. 그렇다고 합니다. 하지만 아직 믿을만한 정보인지는 확실치 않습니다. 집마맹의 농간일 수도 있을 것 같더군요. 그래서 아이들을 부려서 뒤져 보아야 알 수……."

남장후가 그의 말을 끊어내고 물었다.

"정보 출처가 어디지?"

"하오문입니다."

"그럼 확실해."

모두가 남장후를 바라보았다.

고작 하오문 따위가 무슨 힘이 있다고, 그 이름을 거론하니 확실하다는 걸까?

하지만 아무도 묻지 않았다.

남장후가 그렇다면 그런 것이다.

그게 오대마령이 남장후에게 가지는 믿음이었으며, 강위가 겪은 수라천마 장후였다.

남장후가 눈을 감으며 중얼거렸다.

"시공지보라. 시공지보……. 그리운 이름이군."

그러자 괴겁마령이 물었다.

"큰 형님께서는 시공지보가 무엇인지 아십니까?"

남장후가 고개를 살짝 끄덕였다.

"알지. 과거, 시공지보의 주인을 만난 적이 있다. 그에 게서 수라마보를 받았지."

모두의 눈이 커졌다.

수라마보.

육대지보 서열 삼위로, 다른 보물과는 달리 마보(魔寶) 라고 불린다.

마귀의 보물.

그럴 수밖에 없다.

수라마보는 바로 수라천마 장후의 독문무공이자 고금제 일마공이라고 불리는 아수라파천마공을 뜻하기 때문이었 다.

수라마보가 없었다면 수라천마 장후도 없었다.

그렇기에 사람들은 수라마보라고 이름 붙이고, 육대지 보 중 한 자리에 놓았다.

그런데 고금제일인인 수라천마 장후를 있게 한 수라마 보가 시공지보의 주인이 건네준 것이라니.

경악할만한 비사였다.

이건 수라천마 장후의 탄생 배경이라고 할 수도 있었다.

달리 보면 집마맹이 궤멸한 근원적인 이유라고도 하겠 다.

또 어찌 말하면 시공지보의 주인은 바로 지금까지의 역 사를 만들었다고 여긴다고 해도 무리가 아니었다.

175

월야마령이 물었다.

"시공지보의 주인이라는 자가 대체 누굽니까?"

남장후는 빙긋 웃었다.

오대마령은 더는 묻지 않았다. 남장후가 저런 표정을 짓
는다는 건 더는 묻지 말라는 뜻임을 알고 있기 때문이었다.

남장후가 일어섰다.

"시공지보가 나타난 곳으로 가봐야겠구나."

잔악마령이 빠르게 말했다.

"아직 거기까지는 알아내지 못했습니다."

"내가 안다."

잔악마령이 놀아 눈을 동그랗게 떴다.

"어떻게……?"

다른 마령들이 잔악마령을 쏘아보았다.

그러자 잔악마령은 급히 고개를 숙였다.

"죄송합니다."

기회라는 듯 천살마령이 외치듯 말했다.

"보세요! 막내가 너무 컸어요! 혼쭐을 내주어야 합니
다!"

남장후는 피식 웃으며 손을 뻗어 천살마령을 들고 자신
의 오른쪽 어깨 위에 앉혔다.

그러며 다른 마령들을 향해 말했다.

"가자."

괴겁마령이 놀라 물었다.

"저희도 갑니까?"

남장후가 눈살을 찌푸렸다.

"우리 형제는 생사고락을 함께 했다. 잊었느냐?"

괴겁마령이 고개를 저었다.

"아닙니다! 잊었을 리가요! 당연히 가야지요!"

그러며 정말 소년처럼 환하게 웃었다.

월야마령은 깡충깡충 뛰기까지 했다.

그들의 즐거워하는 모습을 보자 남장후의 미소가 더욱
짙어졌다.

하지만 잔악마령의 말에 그의 미소는 굳었다.

"저는 못 갑니다."

남장후 뿐 아니라, 사대마령의 고개가 잔악마령을 향해
돌아갔다.

잔악마령이 다시 말했다.

"저는 이곳이 좋습니다."

천살마령이 외쳤다.

"이 녀석! 이제 보니 큰 게 아니라 미쳤구나! 큰 형님, 내
려 주십시오! 제가 혼쭐을 내주겠습니다!"

하지만 남장후는 오히려 천살마령을 붙잡으며, 잔악마
령에게 물었다.

"왜냐?"

잔악마령이 어깨를 으쓱했다.

"저를 보십시오. 저는 이제 몇 걸음만 걸어도 숨이 찹니다. 형님을 따라다닐 수가 없어요."

"무공을 되찾게 해주마."

잔악마령은 고개를 저었다.

"아니요. 그런 게 아닙니다. 제 말은요, 그러니까, 뭐냐. 그래요. 형님, 전 늙었습니다."

"젊어지고 싶으냐?"

"아니요. 전 살아가고 싶습니다. 이대로 말입니다."

잔악마령이 한숨을 내쉬었다.

"저는 이대로, 살아가렵니다. 돌아보지 않고, 되돌리지도 않고 이대로 그냥 나아가렵니다."

천살마령이 외쳤다.

"막내, 이 자식! 뭔 소리야, 그게! 보세요, 형님들. 막내가 미쳤다니까요."

잔악마령이 빙긋 웃었다.

"형님들. 전 늙어간다는 게 좋습니다. 죽어간다는 게 두렵지 않아요. 제 삶이, 이 순간이 그저 즐겁습니다. 저는 오륜마교의 교주로써 이 자리에 머물며, 형님들을 멀리서 지켜보며 지원하겠습니다. 그게 남은 동안 제가 살아갈 방식입니다."

마령들은 입을 굳게 다물었다.

어느 순간 남장후가 고개를 끄덕였다.

"알았다. 너는 더는 막내가 아니로구나."

잔악마령이 고개를 끄덕였다.

"늙었다니까요. 허허허허허허허."

남장후는 휙 몸을 돌렸다.

"가겠다."

잔악마령이 일어나 정중히 공수를 취했다.

"살펴가십시오, 형님들."

남장후는 걸어가려다 말고, 강위에게 고개를 돌렸다.

"너의 검, 수라검에 한 수를 적어 두었다. 내가 수라검
으로 광일의 가슴을 찔렀을 때의 변화를 법(法)으로 엮은
것이다. 완성한다면 광일의 가슴을 찌를 정도는 될 수 있
을 것이다."

강위가 크게 고개를 숙였다.

"가, 감사합니다."

"법명은, 흐음, 수라관일검법(修羅貫日劍法)이라고 하
자꾸나."

강위는 수라관일검법이라는 여섯 글자를 계속 웅얼거렸
다.

남장후는 멈췄던 걸음을 옮겨갔다. 그러자 그를 따라 마
령들이 걸음을 내딛었다.

한 번 뒤돌아보는 사람은 없었다.

갈 길이 갈리면, 냉정히 끊어내는 것이 서로를 위하는 최선의 이별이니까.

남장후와 사대마령은 그러한 점을 잘 아는 사람들이었다.

그들은 잠시 사이 사라졌고, 혼자 남겨진 잔악마령은 쓸쓸한 표정으로 술잔을 집어 들었다.

그러며 멀뚱히 서 있는 강위에게 내밀었다.

"한 잔 따라 보거라."

강위는 그의 잔 위에 들고 있던 술병을 기울였다.

술잔이 채워지자, 잔악마령은 단숨에 비웠다.

그때 저 멀리서 남장후의 목소리가 흘러들었다.

"이따금 술 마시러 오마. 궁상스럽게 굴지 말고, 좋은 술 많이 마련해 놓아라."

잔악마령이 빙긋 웃었다.

그러더니, 강위를 휙 돌아보며 말했다.

"저 분이 내 형이야."

그렇게 말하는 잔악마령의 표정은 가진 보물을 자랑하는 아이만 같았다.

✝

홍운산(虹雲山).

항상 무지개와 구름이 머문다고 해서, 이 산은 그런 이름이 붙었다.

세상에서 가장 높거나 넓다는 산을 거론할 때는 나올 수가 없는 곳이지만, 아름답기로 따지면 하늘 아래 다섯 손가락 안에는 거뜬히 들 만하다고 전해진다.

그런 홍운산을 한 눈에 담을 수 있는 평원에 한 여인이 서 있다.

여인은 듣던 얘기처럼 홍운산의 풍광은 참 아름답구나, 라는 생각을 했다. 하지만 그녀의 마음은 홍운산을 넘어서 삼백여 리 정도 더 가면 나오는 조그마한 마을을 향해 있었다.

그녀에게는 그 조그마하고 볼품없는 마을이 홍운산과 비교할 수 없을 만큼 아름다웠기 때문이었다.

그 마을.

창리현이라고 불리는 그곳에 여인은 며칠 머문 적이 있었다.

고작 며칠일 뿐이다.

하지만 잊을 수 없는 추억이 되었다.

그곳에 살고 있을 사람들 때문이었다.

보고 싶고 만나고 싶었다.

어머니.

그리고, 남장…….

"한이연. 정신 차리자. 이제 꿈에서 깨어야지."

천마재생

여인, 한이연은 몽롱하게 풀렸던 눈빛을 또렷하게 고치
며 홍운산을 향해 걸음을 옮겼다.

그녀의 목적지는 창리현이 될 수가 없었다.

바로 눈앞에 있는 홍운산, 그 안 어딘가에 있는 시공지
보를 찾아야 했으니까.

홍운산.

무지개와 구름의 고향이라고까지 불리는 이곳은 산새가
험한 편은 아니다. 하지만 언제나 구름 같은 안개가 가득
한 탓에 그 어떤 험산보다 더욱 위험하다.

그러니 멀리서 보이는 아름다운 풍광에 도취되어 별다
른 준비 없이 들어섰다가는 실족사하거나, 내려오는 길을
잃고 헤매다가 굶어 죽기 쉽다.

그렇기에 인근 고을의 촌민들은 홍운산에는 사람의 목
숨을 미혹하는 사악한 기운이 어렸다고 하여, 따로 미명산
(迷命山)이라고 부르기도 한다.

그리고 촌민들은 홍운산의 산로 초입마다 경고문을 적
어두어 혹시 모를 불상사를 미연에 방지하고자 했다.

그러한 노력 덕분에 최근 수해 동안 산행을 나선 이들이
내려오지 못하는 불행한 일은 벌어지지 않았다.

하지만 십여 일 전부터 수많은 사람들이 찾아와 입산 경
고문을 무시한 채 바로 홍운산 안으로 들어서고 있었다.

7

그리고 그 누구도 내려오지 않았다.

대체 무슨 일이 벌어지고 있는 걸까?

촌민들은 궁금했지만 알려하지 않았다. 그리고 막으려하지도 않았다.

산을 오르는 이들은 하나같이 기골이 장대하고, 용모는 흉악하며, 허리나 등에 흉악한 병장기를 매달고 있었기 때문이었다.

무림인들.

사람의 모습을 했지만 하늘을 날고 암석을 맨손으로 부수는, 요괴 같은 작자들이다.

그러니 그들이 홍운산의 요사한 기운에 홀려 들어갔다가 내려오지 않는다고 해도 걱정할 필요가 없었다.

걱정해야 할 건, 무림인들의 분쟁에 휩싸일지도 모를 자신들의 처지였다.

그렇기에 촌민들은 대문을 닫아걸고 밖으로 나오지 않았다.

이 한때의 소란이 서둘러 떠나지기만을 바랄 뿐이었다.

촌민들은 모두 두려움에 벌벌 떨었다.

하지만 소나무처럼 수백 년을 살 것 같다는 소리를 종종 듣는 촌장만은 별 다를 것 없다는 듯이 이렇게 말했다.

반백년 쯤 전에도 이런 일이 있었다고.

그리고 앞으로 무지개가 터져 나와 악귀 같은 무림인을

모조리 쓸어내며 구름과 함께 저 하늘 너머로 흩어버릴 것이니, 아무런 걱정할 필요가 없느니라, 라고 덧붙였다.

하지만 촌민들 중 믿는 사람은 아무도 없었다.

그저 드디어 돌아가시려나 보구나, 하고 안타까워할 뿐이었다.

아직까지는 그랬다.

†

한 단체를 책임지는 수장이란 신중하며 무거워야 한다.

특히 무림단체의 수장은 더더욱 그렇다.

단 한 마디에 혹은 그릇된 판단에 수십 명의 목숨이 오고가기 때문이다.

하기에 삼 년 전 몰락 일보 직전에 놓인 하오문에 문주가 된 한이연은 신중하려 했다. 뭔가를 결정을 내려야 할 때는 수십 수백 번은 고민하며, 지혜로운 이들에게 자문을 구한 다음에야 판단을 내렸다.

하지만 아직 무겁지는 못했다.

특히 언변이 그랬다.

"죽자, 죽어. 응? 우리 더도 덜도 말고, 물 딱 한 접시만 떠놓고 거기다 코만 빠트려 죽자. 딱 한 접시다, 응? 왜냐고? 물 아깝잖아. 너희 목숨, 딱 그 정도 값어치 밖에 안 되잖아. 응? 안 그래?"

그녀의 앞에 일렬로 서 있는 사내들이 고개를 푹 숙였다.

"죄송합니다, 문주님."

한이연이 한숨을 푹푹 내쉬었다.

"죄송하지. 죄송해야지요. 시공지보가, 육대지보 중에서도 제일보물이라는 시공지보가 막 우리 손에 들어 올랑 말랑 하는데, 날리게 생겼잖아, 이 새끼들아!"

사내들이 고개가 더욱 아래로 떨어졌다.

"죄송합니다, 문주님!"

"죄송합니다!"

한이연이 답답하다는 듯이 외쳤다.

"죄송만 하지 말고 해결책을 찾아야지! 정보가 어디서 샜는지는 파악했어?"

일렬로 선 사내들 중 가운데 있던 사람이 더욱 고개를 떨어트렸다.

한이연이 눈을 부라렸다.

"소장분동? 그치. 내가 그럴 줄 알았지. 혹시나 해서 물어보기는 한 건데, 예상을 벗어나지를 않네."

사내, 하오문 십대속문 중 소장분동의 신임동주인 반이융은 눈치를 보다가 조심스레 말했다.

"죄송합니다. 제가 부족한 탓입니다."

"당신이 부족한 거 누가 모른데? 에휴. 말을 말자. 어디까지 퍼진 거야?"

"오륜마교 쪽에는 확실히 들어간 모양이고요. 제협회는 열흘 전 쯤 수라천마 장후의 방문 이후로, 다른 곳에 신경 쓸 여력이 없어서인지 조용합니다."

수라천마 장후라는 여섯 글자를 듣는 순간 한이연의 표정이 부드럽게 풀렸다. 그리고 어색한 목소리로 말했다.

"그, 흠. 수라천마 장후는 그래 어떻게 됐대?"

"뭐, 그 후로 황도에서 있었던 황사 유근의 역모사건에 잠깐 모습을 드러냈다는 이야기가 있는데, 확실치가 않습니다."

한이연은 슬쩍 고개를 끄덕였다.

"이리저리 바쁘게도 돌아다니는 구나. 어머니는 어쩌고 그렇게 싸돌아다니는 거야."

"네?"

한이연은 고개를 저었다.

"아니. 어쨌든, 제협회 쪽은 아직 냄새를 못 맡았다는 거지? 그럼 오륜마교에서는 누굴 보낸대?"

사내들 중 하나가 말했다.

"아직 이러타할 움직임은 보이지 않습니다. 그쪽에서도 뭔가 일이 생긴 모양이더군요."

한이연이 안도의 한숨을 내쉬었다.

"휴우. 다행이네. 그럼 당분간은 그리 걱정할 일은 없겠어."

사내들 중 하나가 쭈뼛쭈뼛하다가 말했다.

"저기, 조금 전에 들어온 소식인데, 인근에 일단의 무리가 접근하고 있답니다. 아무래도 성하맹 쪽인 듯합니다."

한이연의 표정이 어두워졌다.

"성하맹? 흐음. 그 음흉한 녀석들이 냄새를 맡았다라. 곤란해지는데."

성하맹은 지난 삼년 내 가장 주목을 받은 신흥강자.

혹자는 지금의 무림은 제협회와 오륜마교로 양분되어있지만, 십년 후에는 성하맹을 포함하여 삼분될 것이라고 얘기할 정도이다.

한이연의 귀에 사내들 중 한명이 목소리가 흘러들었다.

"그리고 소경 혜왕부의 호풍위가 홍운산을 향해 오고 있다는 소식이 들어왔습니다."

한이연이 눈을 깜빡였다.

"소경 혜왕부의 호풍위? 거기는 또 왜?"

말했던 사내가 고개를 저었다.

"모르겠습니다. 휘풍군주(揮風君主)가 직접 이끌고 있다는 군요."

한이연이 깜짝 놀라 외쳤다.

"휘풍군주가!"

천마재생

휘풍군주.

정체를 아는 사람은 아무도 없다.

다만 그가 고작 삼년 만에 제협회와 오륜마교 조차 긴장할 만한 혜왕부의 호위단체 호풍위를 만든 장본인이라고 했다.

비밀에 쌓여있던 그가 모습을 이리로 오고 있다?

한이연이 눈매가 예리해졌다.

"성하맹과 호풍위가 오고 있다? 이거 많이 심각해지네."

그녀는 지그시 눈을 감았다.

신중해져야 했다. 지금 섣부르게 판단했다간, 그녀가 하오문주에 올라와 가장 공들였던 사업을 그대로 날릴 수가 있었다.

사내들, 십대속문의 문주들은 입을 다문 채 한이연이 다시 눈을 뜨기만을 기다렸다.

한이연은 나이가 스물 셋 밖에 되지 않는 어린 나이지만, 지난 삼년 동안 무리 없이 하오문을 잘 이끌어 주었다.

그렇기에 십대속문의 문주들은 이번에도 다르지 않을 것이라는 믿음이 있었고, 그녀가 자신들의 믿음을 배신하지 않을 것이라고 확신했다.

한이연의 눈이 벌어졌다.

"성하맹은 까고, 호풍위는 붙입시다."

성하맹은 막고, 호풍위와는 연합하자는 뜻이었다.

한이연이 자신의 결정을 설명하기 위해 다시 입을 열었다.

"성하맹은 음흉해요. 창립배경부터 모호하고, 지금까지의 성장 역시 갑작스럽죠. 가려진 게 너무 많아요. 그렇기에 저는 그들이 꽤나 두렵습니다. 삼년 전, 우리 하오문을 움직였던 그 음흉한 놈들의 냄새가 흡사하다는 느낌에요. 제 느낌을 다 믿을 수는 없지만, 성하맹은 경계해야 한다고 생각해요. 하지만 호풍위는 다르죠. 알다시피 우리 하오문이 체제를 정비하는 데 가장 많은 도움을 주었던 곳 중 하나에요."

십대속문의 문주 모두가 고개를 끄덕였다.

어째서 인지 모르지만, 혜왕부는 지난 삼년 동안 하오문에 상당한 지원을 해주었다. 그 대가로 무림의 정보를 받아가기는 했지만, 그렇다고 해도 대부분이 하오문 쪽에서 더 이득인 거래였다.

한이연이 말했다.

"혼자 살 수는 없습니다. 받았으면 돌려주고, 가지면 나누는 겁니다. 우리 너무 욕심 부리지 말죠. 시공지보가 어떠한 보물인지는 모르겠지만, 나눌 수 있다면 나누어야 된다고 봅니다. 뭐, 호풍위가 도착하면 대화를 나누어 보기로 해요. 잘 될지는 모르겠지만, 한 번 시도는 해봅시다."

십대속문의 문주 모두가 고개를 숙였다.

한이연은 한시름 덜었다는 듯이 어깨를 폈다. 그리고 마침 생각났다는 듯이 물었다.

"그런데 수라천마 장후가 올지도 모른다는, 뭐 그런 소식은, 없나요?"

소장분동의 동주 반이융이 펄쩍 뛰었다.

"다행히 없습니다. 그래서는 안 되죠."

한이연이 살짝 고개를 끄덕였다.

"그죠? 그러면 안 되긴 하죠?"

그리고 작게, 아무도 들을 수 없는 목소리로 뒷말을 속삭였다.

"그런데 왜 난 안 되지 않았으면 할까요."

†

홍운산의 입구.

삼십여 명의 무인들이 서 있다.

그들이 입고 있는 옷의 오른 쪽 어깨에는 별과 냇물의 문양이 자수되어 있었다.

당금 무림에 가장 주목을 받는 세력인 성하맹을 상징하는 문양이었다.

하지만 그들의 선두에 있는 사람의 옷에는 그 어디에도 성하맹의 표식을 달려 있지 않았다. 대신 등 뒤에 도(刀)라는 한 글자를 자수되어 있었다.

그리고 자신의 키의 두 배쯤 될 것 같은 길이의 거대한 언월도(偃月刀) 한 자루를 들고 있었다.

언월도의 표면에는 당장이라도 튀어올 것만 같은 생동감이 느껴지는 흉악한 마귀의 문양이 가득 새겨져 있었다.

과거 집마맹의 시대를 기억하는 노강호가 이 자리에 있어서 그 칼을 보았다면 이리 외칠 것이었다.

백팔귀축도(百八鬼畜刀)!

집마맹 십대마병(十大魔兵) 중 하나가 나타났다!

백팔귀축도를 든 단구의 사내가 홍운산을 바라보며 말했다.

"여기에 시공지보가 있다고?"

그러자 등 뒤에 시립한 성하맹의 무인 중 하나가 나서며 대꾸했다.

"하오문 놈들을 족쳐서 들을 정보대로라면 그렇습니다."

단구의 사내가 눈을 얇게 좁혔다.

"확실치가 않다?"

"죄송합니다. 그래서 저희끼리 우선 처리하려고 했으나, 본맹에서……."

"되었다. 이게 다 우리 집마사존이 권황 철리패를 놓친 죄이지. 죄를 졌으면 값을 치러야지. 젠장. 권황 그 빌어먹을 노인네, 정말 싸움 잘하더라."

191

그러며 단구의 사내는 성큼성큼 홍운산을 향해 걸어 올라갔다.

뒤이어 성하맹의 무인들이 그림자처럼 뒤따랐고, 잠시만에 홍운산을 휘감은 안개가 그들의 모습을 지워버렸다.

어느 정도의 시간이 흘렀을 때, 그들이 서 있던 자리에 바람이 일더니 일단의 무리가 나타났다.

오십여 명쯤 되는 듯했다.

그들은 예리하고 무서운 시선으로 성하맹의 무인들이 올라간 방향을 노려보았다.

그들 중 한 명이 말했다.

"집마십존 중 도존(刀尊)입니다."

그러자 그들의 중심부에서 가녀린 음성이 흘러나왔다.

"저도 보았습니다."

"군주님. 도존이 나선 이상 저희로써는 군주님의 안전을 확신할 수 없게 되었습니다."

"그러실 겁니다."

"돌아가셔야 합니다."

"저는 말씀드렸습니다. 저는 안전할 것이라고. 저는 제 말이 틀리지 않음을 지난 삼년 동안 보여드렸습니다."

"하지만……."

"저는 당신들의 주인입니다. 당신들 호풍위는 나를 믿었기에, 그리고 나를 따르겠다는 충성을 맹세했기에 이 자리에 있으신 겁니다. 아닙니까?"

"맞습니다."

"의심치 마십시오. 이번뿐입니다. 두 번은 용서치 않습니다."

대화는 멈췄고, 침묵이 자리했다.

잠시 후 그들이 나타날 때처럼 바람이 휘몰아쳤고, 다음 순간 그들은 바람과 함께 사라져 버렸다.

그리고 잠시의 시간이 또 흘러갔다.

하늘 위에서 작은 점 하나가 모습을 드러내더니 빠르게 커져갔다.

그리고 이내 유성이 되어, 호풍위가 서 있던 자리에 내려앉았다.

콰아아아아아아아앙!

바닥이 갈라지며 둥글게 파였고, 먼지구름이 피어올랐다.

먼지구름을 가르며 한 사내가 휙 모습을 드러냈다.

남장후였다.

뒤이어 두 명의 소년과 두 명의 아이가 먼지구름을 가르며 나타났다.

사대마령이었다.

그들은 남장후의 옆에 서더니, 홍운산을 올려 보았다.

사대마령 중 맏이인 괴겁마령이 남장후에게 물었다.

"여깁니까?"

천마
재생

남장후가 고개를 끄덕였다.

"그래, 여기야."

둘째인 혈우마령이 물었다.

"이제 뭘 하면 됩니까?"

남장후가 대꾸했다.

"알면서 뭘 물어."

그러자 이 자리의 막내인 천살마령이 음흉한 웃음을 토했다.

"흐흐흐흐흐흐흐흐흐. 좋습니다. 아주 좋아요! 옛날 생각이 나는 데요. 형님들, 이제부터는 제가 다 알아서 처리할 테니까 그저 구경만 하십시오."

모두가 대여섯 나이의 외양을 가진 천살마령을 돌아보았다.

천살마령은 그들을 향해 귀엽게 눈을 깜빡였다.

"왜요, 형님들? 왜 자꾸 그런 눈으로 보세요?"

남장후와 다른 삼대마령은 길게 한숨을 내쉬었다.

그리고 너나 할 것 없이 동시에 발을 내딛었다.

홍운산.

육대지보 중에서도 제일의 보물이라는 시공지보가 숨겨져 있는 신비로운 산.

그곳에 재앙이 닥치고 있었다.

남장후라는 이름의 재앙이……

第六十七章.

의리 없는 놈들

第六十七章.

의리 없는 놈들

홍운산에 깃든 안개는 오늘따라 유독 짙었다.

보이는 모든 장소를 회색으로 채우고 느리게 흘러가는 광경은 회색의 강이라고 해도 부족하지 않았다.

이 안개는 어디에서 시작되어서, 어디로 가는 걸까?

그리고 나는 어디에서 와서 어디로 향하고 있는 걸까?

'어? 나는 누구지?'

"소천 위사."

들려온 음성에 호풍위의 상급위사 소천은 퍼뜩 놀라며 눈에 힘을 주었다.

소천은 정중히 고개를 숙였다.

"말씀하십시오, 군주님."

"이 안개는 산혼무해(散魂霧海)라고 합니다."

소천이 물었다.

"산혼무해요?"

"네. 삼백년 전의 기인 집이괴자(集異怪子)가 남긴 기이경록(奇異景錄)에 따르면 산혼무해란 오행의 기운이 상충하거나 음양의 역행하는 지형에 일어난다는 현상 중 하나입니다. 오행과 음양의 조화가 깨어진 탓에 들어선 생명체의 근본, 즉 혼백의 균형을 깨트리는 폐해를 줍니다. 그렇기에 소천 위사께서는 정심을 유지하기 위해 정종무공의 심법을 운용하셔야 합니다. 혹여 사공이나 마공 계열의 무공을 익히셨다면 기물의 도움을 받으셔야 할 텐데, 무당의 취선향(聚仙香)이라던가, 소림의 정옥불장(靜玉佛杖), 혹은……."

갑자기 여인의 목소리가 끊기더니, 날카로운 음성이 튀어나왔다.

"문상(文相)! 지금은 학식이나 자랑하고 있을 때입니까? 지금 취선향이 어디 있고, 정옥불장이 어디 있습니까! 그런 쓸데없는 자랑질은 그만하고, 대책이나 말씀해 주세요. 없으면 입 다물고 들어가시던가!"

"무상(武相). 말씀이 과하시군요. 저는 단지 그토록 다양한 해결책이 있음을 열거했을 뿐입니다."

"어허! 그래도 이 사람이! 인정을 하면 될 것을 또 말을 질질 끄시네. 이러니 배운 것들과는 상종을 말아야지."

"것? 것이라고요? 무상, 사과하세요."

"사과? 사과는 얼어 죽을!"

그때였다.

차분하고 위엄 있는 목소리가 흘러나온다.

"그만들 하세요. 무상께서 말씀이 심하셨습니다. 그리고 문상께서도 분명 말씀이 장황하기는 하셨습니다. 두 분다 서로를 조금 더 존중해주셨으면 합니다. 이번 일은 우리 종부성(從夫城)의 대원을 이루기 위한 첫 걸음입니다. 잊지 않으셨으면 합니다."

"죄송합니다. 성주님!"

"죄송합니다, 성주님."

"되었습니다. 자, 문상. 취선향도 정옥불장도 없는 우리가 이 산혼무해라는 안개의 폐해를 겪지 않고 목적한 곳에 무사히 도착하려면 어찌해야 합니까?"

"간단합니다. 산혼무해의 폐해를 견뎌내고 생을 유지하고 있는, 이 곳의 풀이나 잎사귀 같은 것을 뜯어서 짓이겨 먹으면 됩니다."

"허, 나 이거 참. 그렇게 쉬운 방법을 놔두고, 정종심법으로 운기행공을 해야 하네, 취선향, 정옥불장이 필요하네, 따위의 얘기는 왜 떠들어 댄 거요!"

"무상! 그만 하세요."

"죄송합니다, 성주님. 쩝."

"자, 위사 분들. 들으셨지요? 풀을 짓이겨 드시면 지금 느끼시는 혼미한 느낌을 가셔낼 수 있을 겁니다."

호풍위의 위사 삼십 명은 일제히 고개를 숙였다. 하지만 바로 움직이지 않고 떨떠름한 얼굴로 그들의 가운데 서 있는 아름다운 소녀를 바라보았다.

이제 나이가 열대여섯 정도 되었을까?

막 피어나기 시작한 꽃봉오리처럼 청초하면서도, 순수한 매력이 있었다.

볼 때마다 넋이 빠질 것만 같이 매혹적인 용모였다.

하지만 호풍위들이 멀거니 소녀를 바라보고 있는 이유는 다른 데 있었다.

문상과 무상, 그리고 종부성주라는 자처한 목소리는 모두 이 소녀의 입에서 흘러나온 것이었다.

소녀의 이름은 풍희정.

혜왕 풍소청의 영애(令愛)였다.

하지만 호풍위는 그녀를 다른 이름으로 불렀다.

취풍군주.

고작 삼년 만에 무림을 양분하는 제협회와 오륜마교조차 긴장토록 만든 혜왕부의 사병집단 호풍위를 만든 신비인.

바로 이 소녀 풍희정의 정체가 취풍군주였다.

풍희정은 그녀를 주군으로 모시는 호풍위조차도 알면 알수록 신비로운 소녀였다.

예전의 그녀는 마음의 병을 앓고 있어서 사람들과 말 한 마디 제대로 나눌 수 없었고, 잠에 들면 다시 일어날 수 있을까 걱정할 만큼 병약했다고 했다.

그런데 삼년 전, 혜왕부에서 일어난 참변을 겪은 후 변하기 시작하더니, 지금과 같은 신비한 사람이 되었다고 한다.

모르는 게 있을까 싶을 정도로 해박하며, 못하는 게 있을까 싶을 정도로 다재다능하다.

그녀는 남다른 지혜와 재능으로 세상 곳곳에 숨어 지내고 있던 인재와 기인을 찾아내고 설득하여 고작 삼년 만에 호풍위라는 무서운 사병집단을 창설할 수 있었다.

호풍위는 모두가 나이답지 않게 뛰어난 능력을 지닌 그녀에게 탄복하여 주군으로 인정하였고, 변하지 않는 충성을 맹세했다.

하지만 이따금 회의심이 깃들 때가 있었다.

그녀가 가끔 마치 다른 사람이 된 것처럼 굴기 때문이었다.

예를 들자면 어느 때는 세상 다 산 노인처럼 행동하다가, 다음 순간에는 시정잡배처럼 험악한 말을 뱉어내더니, 전쟁터에 나온 장수처럼 대범하기도 했다.

천마재생

그리고 아주 가끔이지만 세상 남자를 다 꼬셔본 요부처럼 굴 때도 있었다.

권력자가 가져야할 덕목 중의 하나는 묵직함이다.

사람이 한결 같을 수는 없지만, 아랫사람에게만은 한결 같다는 믿음을 주어야만 한다.

그럼으로써 수백 수천의 다양한 욕망과 생각을 모아서 원하는 방향으로 이끌어갈 수가 있는 것이다.

그런데 취풍군주 풍희정은 평소에는 천년을 버텨온 거암처럼 묵직해 보이지만, 이따금 소슬바람에도 횡횡 돌아가는 팔랑개비처럼 기묘한 행태를 보이기에 호풍위들은 자신의 선택이 잘 못되었는지 모른다는 생각이 들어 암담했다.

어느 날, 그녀는 호풍위가 모인 자리에서 자신에 대해 이렇게 설명했다.

'저는 천혜절맥을 타고 났습니다. 그렇기에 내 안에는 오백 명이나 되는 사람이 살고 있어요. 그들은 모두 재주가 많고, 관심분야가 달라요. 저는 그들 중에서도 뛰어난 인물 다섯을 설득하여 남은 사백구십오명을 통솔하는 체제를 이루어냈어요. 저는 이 체제를 종부성이라고 이름 붙였습니다. 대부분은 성주인 제가 통솔을 하고 있지만, 때론 종부성의 책임자들이 저를 대신하여 여러분을 상대할 것입니다. 그러니 너무 놀라거나 이상하다 여기진 말아주세요.'

기경할 만한 괴사였다.

하지만 호풍위는 그녀의 고백을 듣고 나서야, 풍희정이 저 어린 나이에도 불구하고 저런 학식과 지혜, 위엄을 갖출 수가 있었는지를 이해할 수가 있었다.

하지만 머리로는 이해는 한다지만, 볼 때마다 낯설고 신기한 건 어쩔 수가 없었다.

조금 전, 마치 세 사람이 대화를 나누는 것처럼 굴던 풍희정의 모습은 익숙해지려야 익숙해질 수가 없는 종류의 것이니까.

풍희정이 자신을 바라보는 호풍위들을 둘러보며 빙긋 웃었다.

"처음으로 무림의 행사에 나선 탓에 종부성(從夫城) 사람들이 긴장했다 봐요. 앞으로는 저 외에는 나오는 사람이 없을 거에요. 자, 서두르지요."

호풍위는 떨떠름한 얼굴로 고개를 끄덕인 후, 사방으로 퍼져 잎사귀나 풀을 뜯어내 씹어 먹었다.

호풍위 중 풍희정에게 가장 가까이 있던 위사 소천은 나뭇잎사귀 몇 개를 집어 들어 곱게 편 후, 그녀에게 정중히 내밀었다.

그러자 풍희정은 가볍게 고개를 저었다.

"저는 괜찮습니다."

그러며 손을 들어 귀엽게 자신의 머리를 두들겼다.

"이 머리 안에는 이 정도쯤은 거뜬히 막아낼 만한 병사가 가득하거든요."

소천은 어색한 미소를 지으며 고개를 끄덕였다.

"그렇군요."

이 어린 주군은 참 아름다운 만큼 신비한 분이구나, 하는 생각이 다시금 들었다.

소천은 그녀에게 건네었던 잎사귀를 자신의 입 안에 털어 놓고 질겅질겅 씹었다.

그 사이 풍희정은 먼 곳에 시선을 둔 채, 알 수 없는 말을 웅얼거리고 있었다. 그녀 안의 인격들과 대화는 나누는 모양이었다.

잠시 후 그녀는 입을 굳게 다물었고, 풀어졌던 눈빛 역시 돌아왔다.

인격들 사이의 회의가 마친 듯했다.

그녀를 가만히 지켜보고만 있던 소천이 불쑥 물었다.

"군주님. 하나만 여쭈어 보아도 됩니까?"

풍희정은 방긋 웃으며 고개를 끄덕였다.

"그럼요. 궁금한 게 있다면 무엇이라도 여쭈어 보십시오."

"군주님의 인격체제 말입니다. 왜 종부성이라고 이름을 지으신 겁니까?"

풍희정이 기다렸다는 듯이 바로 대답해주었다.

"여필종부(女必從夫)여서요."

아내는 반드시 남편의 뜻을 따라야 한다는 뜻이다.

"나, 남편을 따른다고요?"

풍희정은 크게 고개를 끄덕였다.

"네. 남편이요."

그러며 그녀는 지금까지와는 비교할 수 없을 정도로 환한 미소를 지었다.

소천은 고개를 갸웃거렸다. 그가 알기로 풍희정에게는 남편은커녕 혼인을 약속한 사람 또한 없었다.

풍희정이 먼 곳을 바라보며 속삭이듯 말했다.

"삼년 전, 혼인을 약속한 사람이 있어요. 오늘 다시 만날 거예요. 그리고 다시는 헤어지지 않아요."

마치 다짐하는 듯했다.

소천은 궁금했다.

'대체 누굴까?'

이 아름답고 지혜로운 소녀의 마음을 앗아간 남자라니.

부럽기도 하고, 슬프기도 했다.

'좋은 사람이면 좋겠구나.'

호풍위들이 산혼무해의 영향력에서 벗어난 듯 한지, 풍희정이 목소리를 높여 말했다.

"자, 이제 가죠. 이제부터는 서둘러야 해요. 곧 시공지보가 발동될 테니까요."

그러며 풍희정은 누구보다 앞서 걸음을 옮겼다.

†

산혼무해가 만들어내는 환영일까?

어린 아이가 앵앵거리며 칭얼거리는 소리가 안개의 바다를 따라 울린다.

"형님들, 진짜 왜 이러세요. 원래 이런 일은 제가 처리해 왔잖아요."

어린 아이의 외양을 한 천살마령이 눈시울을 붉히며 땅바닥을 뒹굴었다.

그런 천살마령을 바라보는 다른 마령들은 한숨만 내쉴 뿐이었다. 그런 후, 그들은 안개 저편에 걷고 있는 일단의 무리를 바라보았다.

삼십여 명의 무리가 걷고 있었다.

성하맹이라는 감투를 쓴 집마맹의 마인들이었다. 그들은 산혼무해의 영향에서 벗어나지 못해 헤매고 있었다.

집마맹의 마인들은 손에 잡히는 풀잎을 아무거나 뜯어내 먹기만 하면 산혼무해의 폐해에서 벗어날 수 있다는 것을 모르기 때문이었다.

물론 집마맹의 마인들은 무공의 수준이 높아 어느 정도의 시간이 흐르면 내공의 힘을 이용하여 혼미해진 정신을 차리고, 이 산혼무해의 영역에서 벗어날 수 있을 터였다.

두어 시진 정도 후?

사대마령이 짐작하기에는 그랬다.

문제는 저들의 우두머리인 도존이 사라진 것이었다.

도존이라는 녀석은 홍운산에 들어서자마자 산혼무해의 영향에 빠져 허우적대는 수하들이 거추장스러웠는지, 버리고 저 혼자 가버린 듯했다.

천천히 들어왔던 남장후는 그 사실을 깨닫자, 사대마령에게 집마맹의 마인들을 처리하고 따라오라고 명한 후, 먼저 가버렸다.

예전의 실력에 비하면 형편없는 수준이지만, 저 정도쯤이야 우습기에 사대마령은 가볍게 처리하고 따르려 했었다.

그런데 문제가 생겼다.

천살마령이 이렇게 발광, 아니 애원하기 시작한 것이었다.

"나 혼자 처리한다니까요. 형님들 진짜 너무하세요. 제가 그렇게 못미덥습니까?"

그렇지, 라는 말이 세 마령의 입 안에서 맴돌다가 다시 안으로 들어갔다.

남장후가 가버리자마자 천살마령이 이러고 드니, 세 마령은 난감하기만 했다.

하기야 남장후가 있었다면 천살마령이 감히 이런 생떼를 부릴 수가 있었을까.

천살마령의 요구는 일 리가 있었다.

본래 오대마령은 각자가 정해놓은 고유의 영역이 있고, 그 영역을 침범하지 않았다.

지금과 같은 처리는 천살마령의 역할이었다.

하지만 신체 뿐 만이 아니라 마음까지도 이렇게 어려진 천살마령에게 예전의 영역을 책임지게 하는 건 무리였다.

과묵한 괴겁마령이 오랜 만에 입을 열었다.

"넷째야. 죽고 싶은 거냐?"

걱정된다는 배려보다는, 죽여 버리겠다는 살의가 느껴진다.

그러자 앵앵거리던 천살마령이 뚝 그쳤다. 그리고 아이 같은 외양에 어울리지 않게 정제된 표정을 하며 말했다.

"아니요. 형님, 살려주십시오. 제가 살도록 도와주셨으면 합니다."

잠시 뜸을 들인 후, 다시 입을 연다.

"저는 말입니다. 형편없이 어려졌습니다, 형님. 제가 남은 건 예전의 영광뿐입니다. 그조차도 제 것이라고 움켜쥘 수가 없습니다. 형님들, 제 손을 보세요. 이렇게 작아요."

그러며 천살마령은 짧고 얇은 두 팔을 내밀었다.

활짝 핀 그의 손바닥은 말마따나 작기만 했다.

괴겁마령이 말했다.

"시간이 흐르면 자연히 네 손은 커질 것이다."

"형님, 저는 살아가고 싶습니다. 흐르는 시간에 제 몸을 맡길 수 없습니다. 그럴 바엔 차라리 지금 당장 죽겠습니다. 저희는 그렇게 살아오지 않았습니까? 네? 이제 와서 왜 저만 달리 살라 하십니까?"

"나 역시 어려졌기에 그런다. 너를 잃기 싫구나."

"저를 잃기 싫다면, 저를 죽이지 마십시오. 살아가도록 지켜봐 주십시오. 네? 형님들. 부탁드립니다."

그렇게 말하는 천살마령은 비장하기보다는 애처로웠다.

괴겁마령은 혈우마령과 월야마령을 돌아보았다.

그러자 혈우마령과 월야마령은 천천히 고개를 끄덕였다.

괴겁마령은 지그시 눈을 감으며, 속삭이듯 말했다.

"너를 잃을 수는 없지. 대신 너도 우리를 잃지 말아야 한다."

천살마령은 벌떡 일어나 외치듯 말했다.

"당연하지요!"

그러며 통통 튀며, 집마맹의 마인들이 있는 방향으로 나아갔다.

멀어지는 천살마령의 뒷모습을 가만히 지켜보던 세 마령이 동시에 한숨을 내쉬었다.

월야마령이 말했다.

"큰 형님께서 말씀하셨던 그대로네요."

혈우마령이 대꾸했다.

"큰 형님께서 언제 틀린 적이 있더냐."

괴겁마령이 속삭였다.

"이런 일은 좀 틀려줬으면 했다."

혈우마령과 월야마령은 입을 굳게 다물었다.

잠시 후, 괴겁마령이 속삭였다.

"이르지 마라."

혈우마령과 월야마령은 대꾸치 않았다.

괴겁마령이 다시 속삭였다.

"의리 없는 놈들."

†

집마맹은 정점인 맹주 아래 십존이 있고, 그 아래로 삼십육마(三十六魔)가 있다.

성하맹의 복장을 하고 있는 삼십 명의 집마맹 마인을 통솔하는 마예(魔猊)가 바로 삼십육마 중 일인이었다.

그는 집마맹의 마인 중에서도 고위간부에 속하는 고수이기에 산혼무해의 영향에서 벗어난 지 오래였다.

다만 도존처럼 수하들을 이대로 방치하고 먼저 떠날 수

가 없기에, 이렇듯 자리에 머물고 있어야 했다.

마예는 지루한지, 손가락으로 허공을 향해 뻗었다가 찔렀다가 갈랐다가 그었다가를 반복하고 있었다.

그럴 때마다 안개가 갈리고 끊어지거나, 깊고 넓게 파였다.

당연한 결과였다.

내공을 싣지는 않았지만, 집마맹의 마공 중에서 세 손가락 안에 드는 도법, 산예팔라마도(狻猊八羅魔刀)의 초식을 어찌 안개 따위가 버틸 수 있을까.

하지만 마예는 흡족하기보다는 불만스러웠다.

산예팔라마도가 향하는 자리에 그의 심상이 그려내는 도존의 얼굴은 가소롭다는 듯 비웃고 있기 때문이었다.

마예는 이를 으드득 갈았다.

'당신은 너무 제멋대로야.'

도존.

집마십존 중 일인.

순수한 실력으로 따지면, 집마십존 중에서 세 손가락 안에 들 것이라고 한다.

웃기는 소리이다.

집마십존은 서로 고하는 나누어 본적이 없으니, 누가 이기고 누가 질 지는 당사자들조차 모른다.

하지만 하나 확실한 건 도존의 실력은 모르겠지만, 성격

211

이 더러운 건 분명 집마십존 안에서 최강일 것이다.

'이거 못할 짓이야.'

마예는 집마맹의 하위세력인 성하맹의 총관으로 재직중이었다.

성하맹 내 서열 삼위이니, 아무리 도존이라고 해도 배려와 존중을 해주어야 마땅했다.

그런데 도존은 만난 순간부터 조금 전 귀찮다며 먼저 훌쩍 떠나버릴 때까지, 마예를 마치 개 부리듯 대했다.

마예가 민망해할 수준을 넘어서 지켜보는 수하들조차 민망해할 정도였다.

너무나 치욕적이기에 마예로서는 원망이 생기지 않을 수가 없었다.

하지만 좀 이상하기는 했다.

'도존이 안하무인이기는 하지만, 이 정도는 아니었는데……'

한 삼십여 일 전쯤인가?

집마맹의 총단에서 집마십존 중 다섯이 나섰고 들었다.

그리고 최근 그 다섯 중에서 따로 임무를 부여받아 움직이던 혈존은 죽었고, 합동임무를 받았던 넷은 실패하였다고 한다.

그 넷 중 한 명이 도존으로, 다른 셋은 총단으로 귀환했지만 도존 만은 성하맹에 이렇게 시공지보를 차지하라는 명령을 받고 나서야 했다.

도존은 이번 임무를 실패에 따른 문책이라고 여기는 듯 것 같았다.

'그렇다고 이렇게 제멋대로 굴다니. 애도 아니고. 하긴. 애이지.'

그래, 아이나 다름없다.

집마십존은 세상을 너무 모른다.

그들만이 아니다.

집마맹의 마인 대부분이 그렇다.

빠르게 성장하기 위해 온실에 가두어 둔 채, 빠르게 성장한 화초라고나 할까?

마예가 지난 삼년 동안 성하맹을 만들기 위해 동분서주 동안 절실히 깨달은 부분이었다.

강호무림은 만만치 않다.

삼년 만에 성하맹을 이룩할 수 있었던 건, 절반 쯤 운이 좋았다고 봐야했다.

마치 보이지 않는 손이 지켜주었다는 생각이 들 정도였다.

하지만 계속 운에 기대어 살 수는 없었다.

집마맹은 좀 더 성장해야만 한다.

구성원 한 명 한 명이 단단해져야만 한다.

그 전에는 무리이다.

천마재생

지금의 집마맹으로써는 강호무림을 제패한다는 건 어렵다.

그게 마예가 최근 내린 결론이었다.

하지만 마예의 생각이 윗선의 마음을 바꿀 리 없었다.

집마맹은 위에서 명령을 내리고 밑은 따르기만 하는 구조이다.

밑의 의견이 위에 수용되는 경우는 없다.

아니, 의견 자체를 올리지 않는다.

그랬다가는 역모로 몰려 제거될 수 있기 때문이었다.

그러니, 위에서 아래까지 모두가 불만이 가득할 뿐이다.

'답답하구나.'

산예팔라마도를 구현하는 마예의 손동작이 거칠어졌다.

그때였다.

"헤헤헤헤헤헤헤헤헤헤헤헤헤헤헷."

웃음소리가 울린다.

마예는 손을 멈추고 주변을 쓸어보았다.

들려온 웃음소리는 날카롭고 가늘었다.

마치…….

'아이의 웃음소리?'

그럴 리가 없었다.

이런 깊은 산중에, 더욱이 홍운산 안에 어린 아이가 돌아다닐 리가 없었다.

그렇다고 환청이라고 의심하지는 않았다.

그런 착각을 할 정도로 마예는 어수룩하지 않았다.

마예는 허리에 걸린 칼을 굳게 쥐었다.

아직 이 웃음소리의 주인이 어디에 있는지는 알 수가 없었다. 하지만 나타나기만 하면 바로 베어버릴 수 있다는 자신했다.

웃음소리가 멈추고, 목소리가 흘러나온다.

"형(形)의 극에 이른 녀석이 굳이 형에 얽매이는 구나. 무공을 글로 배운 녀석들의 폐해이지."

역시 어린아이라고 여겨지는 음성이다.

하지만 내용만은 수십 년 쯤은 세상을 돌고 돌았던, 노회한 고수만이 할 수 있을만한 말이었다.

마예는 눈이 아닌 청각으로, 목소리의 위치를 쫓았다. 아직 알 수가 없었다.

하지만 다시 말하면 확실히 알 수 있다.

"형(形)이란 그저 경험의 산물일 뿐이야."

바로 뒤이다!

휘이익!

마예의 칼이 날았다.

서걱!

마예의 칼에 닿은 것이 종이처럼 잘려 나갔다.

그 순간 마예는 눈을 번쩍 떴다.

쓰러져 피를 흘리는 사람을 내려 본다.

"조현?"

수하 중의 하나인 조현이었다.

조현은 그를 올려보며 물고기처럼 뻐끔거렸다.

왜 나를 죽인 것이냐고 묻는 듯했다.

다시 어린 아이의 목소리가 들린다.

"경험이란 진리(眞理)가 아니다. 같은 곳에서 태어나 같은 것을 먹고 같은 일을 하더라도 각자 느끼는 바가 다르지. 그러니 경험의 산물인 형, 즉 무공이란 고정되어서는 안 된다. 바뀌어야 하고 변해야 하고, 진행되어야 한다. 그런데, 너는 글이로구나."

휘이이익!

마예의 칼이 목소리가 들린 방향으로 날았다.

서걱!

이번에도 그의 칼은 가로막은 동체를 종이처럼 잘라 버렸다.

그리고 이번에도 그는 자신이 실수했음을 깨달았다.

칼에 맞아 쓰러지는 사람 역시 이번에도 그의 수하인 이행이라는 녀석이기 때문이었다.

목소리가 다시 들린다.

"넌 그저 책이로구나. 그렇기에 강해질 수는 있었겠지. 하지만 그런 탓에 넘어설 수는 없는 게다. 그리고 오늘 나의 손에 죽게 되는 것이지."

마예는 이번엔 목소리가 들린 방향으로 칼을 휘두르지 않았다.

대신 버럭 소리를 질렀다.

"그렇게 잘 알면 내 앞에 나서서 직접 가르쳐 주는 게 어떤가?"

쓸데없는 도발인 줄은 안다.

하지만 지금은 목소리만으로 상대의 위치를 알아낼 수 없으니, 시간을 끌어 수하들을 챙기는 게 나았다.

그리고 어째서 목소리가 들린 방향에 수하들을 베었는지를 파악해야 했다.

목소리가 들렸다.

"자네 말고도 가르쳐 줄 놈들이 많아서."

휘익.

뭔가가 날아온다.

마예는 급히 칼을 휘둘렀다.

날아온 물건은 두 쪽으로 나뉘어 떨어졌다.

마예는 이를 악물었다. 칼로 잘라내는 순간 그 물건이 무엇이었는지를 확인할 수 있었다.

수하 중 하나인 초수의 머리통이었다.

마예의 두 눈동자에 핏발이 서 올라 새빨갛게 물들었다.

사람을 화나게 할 줄 아는 놈이다 싶었다.

천마재생

위험한 놈이다.

더 수하들이 죽어가기 전에 챙겨야 하나?

목소리가 들린다.

"무공이란 좁고 단순하게 정의내리면 사람을 죽이는 방법이야. 난 그렇게 생각해. 상대를 죽일 수만 있다면 그게 모두가 무공인 거야. 지금 너도 나의 무공인 거지. 내 손을 대신해서 두 명씩이나 죽여주었으니까. 하하하하하하하하핫!"

참을 수 없는 조롱이다.

마예는 목소리가 들린 방향으로 몸을 날렸다.

하지만 칼을 휘두르지는 못했다.

이번에도 수하를 죽일 수도 모른다는 의심 때문이었다.

하지만 수하는 없었다. 대신 귀엽게 생긴 어린 아이가 나뭇가지 하나를 든 채 서 있었다.

푹!

마예는 이를 악물어 치미는 고통을 삼켰다. 가슴이 화상을 입은 듯이 화끈거렸다. 마예는 눈동자를 내렸다. 자신의 심장 조금 아래쪽에 아이가 들고 있던 나뭇가지가 가슴에 박혀 있었다.

"조금 낮았네."

아이는 그렇게 속삭이며 귀엽게 혀를 내밀었다. 귀여운 표정이었지만, 마예에게는 악귀만 같았다.

마예는 힘껏 칼을 내질렀다.

하지만 아이는 그럴 줄 알았다는 듯 휙 몸을 날려 뒤편 안개 속으로 달려갔다.

마예는 놓칠 수가 없어 바로 몸을 날렸다. 놓쳤다가는 또 몇 명의 수하를 잃게 될지 몰랐다.

아니, 자신이 죽을 지도 모른다는 위기감이 느껴졌다.

아이가 도망칠 수 없다고 판단했는지 멈춘다.

그 순간 마예는 칼을 휘둘렀다.

그때, 바로 측면에서 검 하나가 빠르게 날아왔다.

'동료가 있었구나!'

칼을 돌려 검격을 막으면 되었지만, 그랬다가는 저 무서운 아이를 놓치고 만다.

마예는 칼을 되돌리는 대신 몸을 비틀어 허벅지로 검을 받으려 했다.

살을 주고 뼈를 자르겠다는 각오에 따른 행동이었다.

푹.

날아온 검이 마예의 허벅지를 관통했다.

서걱.

나아간 마예의 칼이 아이의 몸을 갈랐다.

때문에 마예는 고통이 치미는 동시에 기쁨을 느꼈다.

하지만 다음 순간 마예는 혼란에 빠졌다.

자신의 칼에 잘린 상대가 조금 전 보았던 아이가 아니라,

수하 중 한명인 지태라는 녀석임을 깨달았기 때문이었다.

그리고 자신의 허벅지를 관통한 검의 주인 또한 수하인 종선이라는 놈임을 보았기 때문이었다.

대체 이게 어떻게 된 일일까?

종선 역시 당황했는지 부들부들 떨며 말했다.

"초, 총관님? 이, 이게 대체 어떻게……?"

서걱.

종선의 머리가 잘려 툭 떨어져 내렸다.

그 뒤에 어린 아이가 칼 한 자루를 들고 깡충깡충 거렸다.

아이가 들고 있는 칼의 모양새가 제법 익숙했다.

조금 전 마예에게 죽은 지태의 것이었다.

마예는 아이에게 다가가지 않고, 오히려 물러나며 물었다.

"너, 넌 뭐냐? 요괴냐?"

아이가 빙긋 웃으며 말했다.

"천살(天殺). 큰 형님께서 너는 하늘까지 죽일 수 있을 거라시며, 이름으로 하라 하셨지."

마예는 쩔뚝쩔뚝 움직여 계속 뒤로 물러났다.

아이, 천살이 말했다.

"왜 이래? 이쯤 되면 너도 느꼈을 것 같은데? 도망칠 곳은 없어. 아, 한 곳 정도는 있네. 지옥?"

마예는 아예 몸을 돌려 달려갔다.

안개 속으로 사라진 마예를 보며 피식 웃더니, 슬금슬금 걸어갔다.

"그럼 이번엔 내가 술래를 해볼까?"

천살 역시 안개 속으로 사라졌다.

잠시 후 누군가의 처절한 비명이 울렸다. 뒤이어 아이의 웃음소리가 터져 나왔다.

천살이 서 있던 자리에 두 명의 소년과 한 명의 아이가 나타났다.

삼대마령이었다.

그들 중 월야마령이 마예와 천살마령이 사라진 방향을 바라보며 말했다.

"아주 신났는데요?"

혈우마령이 살짝 고개를 끄덕였다.

"신나겠지. 기어 다니던 게 엊그제 같은데, 저리 날뛰는 걸 보니 감개무량하구나."

월야마령이 빙긋 웃었다.

"그러게 말입니다. 저보고는 키 차이도 얼마 나지 않는데 걸어 다닌다며 어찌나 부러워하던지. 하하하하핫."

괴겁마령이 입을 열었다.

"그런데 너희 정말 큰 형님께 이를 게냐?"

혈우마령과 월야마령은 대화를 멈추고 입을 굳게 다물었다.

그 사이 안개 저편에서는 처절한 비명소리가 연이어 튀어나오고 있었다.

그리고 어린 아이의 웃음소리 역시도…….

†

한이연은 휙 고개를 뒤로 돌렸다.

'뭐지?'

무슨 소리를 들은 것 같았다.

그건 사람을 섬뜩하면서도 초조하게 만드는 소리였다.

잘 여민 칼날처럼 날카로우면서도 쏟아지는 빗물만 같아서 피할 수 없이 그저 받아들일 수밖에 없는 운명만 같았다.

비명.

그랬던 것만 같다.

하지만 더는 들리지 않은 것이 환청인지도 몰랐다.

그럼에도 한이연은 확신했다.

이 산 어딘가에서 뭔가가 시작되고 있다는 것을.

'삼년 전, 흑시처럼.'

삼년 전, 흑시에서 벌어졌던 귀병지보를 둘러싼 보물쟁탈전이 떠올랐다.

탐욕에 물든 눈동자를 하고 고함을 지르며 칼을 휘두르다가, 이내 비명을 지르며 죽어가던 사람들.

지옥이었다.

'이곳도 곧 그렇게 되겠지?'

바로 내가 발견한 시공지보 때문에…….

한이연은 침울하게 젖어드는 마음을 억지로 가셔냈다.

슬퍼해서는 안 된다.

자책해서도 안 된다.

이건 행복을 대가로 내가 택한 삶이니까.

한이연은 외면하듯 고개를 돌렸다.

그리고 하오문의 무인들이 모여 있는 방향을 향해 외쳤다.

"아직 멀었어?"

하오문의 무인들 중 한 명이 나서서 대꾸했다.

"다 되었습니다."

잠시 후, 하오문의 무인들은 양 옆으로 비켜섰다.

그들에 가려져 있던 곳, 자그마한 웅덩이가 모습을 드러
냈다.

웅덩이는 마치 무지개를 가두어 놓았다는 듯이 알록달
록한 빛이 물결처럼 휘돌고 있었다.

한이연은 그 웅덩이를 멍하니 바라보며 속삭였다.

"시공지보……."

육대지보 중에서도 제일이라고 일컬어지는 보물 중의
보물.

저 무지개를 가두어 놓은 것 같은 웅덩이의 정체였다.

223

천마
재생

第六十八章.

알고 싶어

第六十八章.

알고 싶어

하오문은 강호무림에서 최하류라 치부되는 문파이지만, 역사만은 그 어떤 명문문파보다 길다.

어쩌면 기록만 없을 뿐이지, 강호무림이 시작되었을 무렵부터 존재했을 지도 몰랐다.

때문에 하오문의 창고에는 수백 년 쯤 전으로 짐작되는 서책들은 굴러다닐 정도이다.

다만 하오문 자체가 언제나 무림의 변두리에 머물렀던 탓에 대부분의 문헌은 가치가 없었다.

때문에 하오문의 창고는 쓰레기더미 취급을 받아왔었다.

그런데 지난 삼년 전 흑시가 무너지면서 창고가 뒤집혔

천마재생

고, 때문에 그나마 성한 문헌 중에서 건질 수 있는 것만 챙기자는 의견이 나왔다.

하오문의 문주가 된 한이연은 그 의견을 수용하여, 창고의 정리에 나섰다. 그러던 중 부서진 창고 깊숙한 곳에서 무지갯빛을 은은하게 머금은 기묘한 석판 하나를 찾을 수 있었다.

그 석판에 적혀 있는 하오문의 역대 암호문 중 가장 오래된 형태와 유사했기에 꽤나 힘겨운 노력 끝에 겨우 첫 구문만을 해석할 수 있었다.

첫 구문의 내용은 이랬다.

〈시공보도(時空寶圖)〉

석판은 육대지보 중 제일이라는 시공지보의 위치를 기록한 지도였던 것이다.

한이연은 석판의 내용을 비밀로 하고, 석판의 해석하기에 노력했다.

석판의 전문을 해석하기도 힘들었지만, 내용이 가리키는 지명과 지형을 알아내는 건 더 힘들었다.

석판은 최소 천 년 이전의 물건이었고, 그렇다 보니 석판에 적혀있는 지명과 지형은 지금과 너무나 달랐던 탓이었다.

하지만 어떻게는 알아내야만 했다.

시공지보라면, 삼년 전의 일로 세력과 규모가 삼할 정도로 줄어든 하오문을 단숨에 회복시킬 만한 힘을 안겨줄 테니까.

아니, 지금의 제협회와 오륜마교를 넘어서는 대문파가 될지도 모른다.

그렇게 삼년이라는 세월이 흐르고, 한이연은 결국 석판이 가리키는 곳을 알아낼 수 있었다.

바로 여기, 홍운산의 구석에 위치한 잠홍지(潛虹池).

그리고 드디어 결실을 얻을 때였다.

무지개를 가둔 웅덩이, 잠홍지를 물끄러미 바라보던 한이연은 속삭였다.

"이제 어쩌지?"

저 신비로운 잠홍지가 바로 시공지보라는 것은 알지만, 이걸 어떻게 얻어야 하고, 대체 무슨 능력을 안겨 줄 것인지는 알지 못했다.

석판에는 그저 이 잠홍지의 위치만이 적혀 있을 뿐, 다른 내용은 전혀 없었기 때문이었다.

하오문의 문도들은 모두 멀뚱멀뚱한 눈으로 한이연만을 바라보고 있었다.

한이연은 별 수 없다는 듯 어깨를 으쓱하며 말했다.

"자, 들어가 볼까?"

그러자 하오문의 문도 중 하나가 나섰다.

"문주님, 제가 먼저 들어가 보겠습니다."

천마재생

"왜? 욕심나니? 시공지보의 주인이 되어서, 강호무림을 독패하고 싶어졌어?"

나섰던 하오문 문도가 급히 고개를 내저었다.

"아니, 그게 아니라……."

한이연이 피식 웃었다.

"아닌 줄 알아. 여기까지 왔는데, 위험할지도 모른다고 너 시키고 나는 빠지면, 내가 문주야? 양아치지. 그래서는 안 되잖아?"

다른 문도가 나섰다.

"아니요. 그러셔야 합니다. 문주님을 잃을 수는 없습니다."

"이 녀석들이 짜고 날 양아치 만드네. 괜찮아. 안 죽어. 죽을 것 같으면 바로 나올게."

그러며 한이연은 나섰던 수하들의 어깨를 가볍게 두들겼다.

그때였다.

수하들이 정수리부터 사타구니까지 반으로 갈라지며, 쓰러졌다.

한이연의 눈이 찢어질 듯 커졌다.

수하들이 있던 자리, 바로 뒤편에 서 있는 한 사내의 모습이 들어왔다. 사내는 제 키의 두 배쯤은 될 듯한 언월도 한 자루를 등에 매달고 있었다.

집마십존 중 도존이었다.

도존이 한이연을 찬찬히 쓸어본 후 빙긋 웃었다.

"가까이서 보니 더 예쁘네. 그래서 산거야."

한이연이 크게 벌어졌던 눈을 평소의 크기로 돌리고 말했다.

"차마 고맙다는 말은 못하겠어. 난쟁이."

도존은 키가 조금 작은 편이었지만, 난쟁이라는 소리를 들을 정도는 아니었다. 다만 애병인 백팔귀축도가 워낙 길고 큰 탓에 상대적으로 키보다 더 작아 보일 뿐이었다.

짝!

한이연의 고개가 돌아갔다. 그녀의 왼쪽 볼이 붉게 물들어 있었다.

도존이 말했다.

"함부로 말하지 마라. 죽고 싶지 않으면."

한이연은 부은 볼을 쓰다듬으며 말했다.

"그런 말은 때리기 전에 하는 거야, 난쟁이."

도존이 피식 웃었다.

"앙칼진 계집이야. 마음에 들어."

한이연도 따라 웃음을 뱉었다.

"너 같이 막 되먹은 놈들은 이상하게 날 좋아하더라."

그 사이 하오문의 무인들이 도존을 둥글게 감싸고 섰다. 당장에 달려들려는 순간, 한이연이 가볍게 손을 흔들었다. 흩어져서 도망치라는 신호였다.

하지만 하오문의 무인들은 움직이지 않았다.

결국 한이연은 입을 벌려 크게 외쳤다.

"꺼지라니까! 문주가 명령하면 좀 듣고 그래라!"

도존이 빙긋 웃었다.

"도망치도록 내가 내버려 둘 것 같은가?"

한이연이 피식 웃었다.

"아! 절대고수 씩이라도 되시나봐?"

도존은 대답 대신 손을 내밀었다. 그의 손 위로 검붉은 기운이 맺혀 공과 같은 형태를 이루었다.

강환(罡丸)!

절대고수만이 가능하다는, 강기무학의 궁극지경이었다.

한이연의 표정이 딱딱하게 굳었다.

"지, 진짜 절대고수셨어? 그럴 리가 없는데…….”

도존이 물었다.

"왜 그럴 리 없지?"

"보통 이런 상황에는 잔챙이부터 나타나기 마련이거든. 절대고수 쯤 되는 주제에 가장 먼저 나타나는 건 너무 가볍잖아.”

"그런 거 따지다가 놓치기엔 시공지보는 너무 값지지."

그러며 도존은 한이연을 향해 걸음을 옮겼다.

한이연은 물러서지 않고 자리를 버텼다.

다가온 도존이 손을 뻗어 한이연의 볼을 쓰다듬었다.

"가까이서 보니까 정말 예쁘네. 너 만큼 예쁜 계집은 처음 보는 구나. 요것도 나름 보물이구만."

"이 난쟁이, 보물 되게 좋아하네."

도존이 피식 웃었다.

"네 혀를 잘라두는 게 낫겠구나. 다 좋은 데, 고 혀만 마음에 안 드네."

한이연의 볼을 쓰다듬던 손이 천천히 입 쪽으로 움직였다.

그 모습을 지켜보는 하오문의 문도 중 하나가 더는 참을 수 없었는지, 도존을 향해 튀어 나왔다.

번쩍!

빛살이 튀어나온 하오문의 무사를 스쳤고, 그러자 하오문의 무사는 네 조각으로 나뉘어 바닥을 굴렀다.

그 광경을 본 한이연은 인상을 쓰며 거칠게 외쳤다.

"다 꺼지라니까! 명령이다!"

하오문의 무인들은 오히려 각자의 무기를 높이 들어 올릴 뿐이었다.

그러자 한이연이 인상을 풀며 도존을 향해 배시시 웃었다.

"저기 잠시만 시간 좀 주면 안 될까? 애들 좀 보내고 계속하자."

233

도존은 살짝 고개를 저었다.

"그럴 필요 없지. 금세 정리해 주마."

휘이이이잉.

도존의 등에 걸려 있던 백팔귀축도가 저절로 공중에 떠올랐다.

그 광경을 보는 한이연의 표정이 딱딱하게 굳었다.

백팔귀축도는 마치 희롱이라도 하는 것처럼 하오문의 무인 위를 천천히 배회했다.

마치 누굴 가장 먼저 먹어치울까를 고민하는 야수만 같았다.

그 순간 한이연은 도존을 향해 두 손을 뻗었다.

하오문의 비전절기 중의 하나인 쾌의도수였다.

하오문의 전전대 문주이자, 그녀의 사부인 쾌의도곤의 성명절기이기도 했다.

지난 삼 년 사이, 한이연의 무공실력은 가파르게 성장하여, 강호무림 어디에 놓는다고 해도 일류라고 불릴만한 수준에 이를 수 있었다.

하지만, 도존에게는 가소롭기만 할 뿐이었다.

극성의 공력을 머금어 뻗은 쾌의도수는 도존이 가볍게 휘두른 손짓에 튕겨나갔다.

동시에 공중을 떠돌던 백팔귀축도가 하오문도를 노리러 날았다.

한이연은 이를 악물었다. 하지만 눈을 감지는 않았다. 수하들의 죽음을 외면할 수는 없었다. 대신 똑바로 지켜보고 언젠가 이 날의 원한을 되갚아주겠다고 각오했다.

하지만 그녀는 각오할 필요가 없었다.

하오문의 무인을 노리고 날아갔던 백팔귀축도가 동시에 날아온 물체에 막혀 튕겨나갔기 때문이었다.

백팔귀축도를 막은 물건은 화려한 문양이 가득 새겨진 방패였다.

그제야 도존이 처음으로 한이연이 아닌 다른 것을 시선에 두었다.

그의 시선이 닿은 곳에 바람이 휘몰아치더니, 오십여 명 정도로 이루어진 무리가 모습을 드러냈다.

소경 혜왕부의 사병집단 호풍위였다.

나타난 호풍위는 각자의 무기를 뽑아든 채 전의와 경계심이 절반씩 뒤섞인 눈으로 도존을 노려보았다.

하지만 도존의 시선은 그들이 아닌, 그들의 너머를 바라보는 듯했다.

도존의 입매가 위로 올라갔다.

"이렇게 예쁜 계집이 또 있었네?"

호풍위 안쪽에서 목소리가 흘러 나왔다.

"개문(開門)."

그러자 호풍위가 양측으로 갈라섰고, 그 안에 숨겨져 있

235

던 한 소녀가 모습을 드러냈다.

소녀는 순간 주변이 환해지는 듯한 기분까지 들 정도로 아름다웠다.

바로 취풍군주 풍희정이었다.

그녀는 앞으로 걸음을 옮겨, 백팔귀축도를 튕겨낸 방패를 집어 들고 툭툭 털었다.

도존의 눈이 커졌다.

"호오? 계집아. 너 짓이었느냐?"

풍희정은 도존의 질문을 무시했다. 대신 도존의 곁에 있는 한이연에게 시선을 두었다.

잠시 후 풍희정이 입매가 부드럽게 올라갔다.

"이랬구나. 그래, 이랬었지."

나이에 어울리지 않게 감회에 젖은 노인 같은 말투였다.

한이연이 물었다.

"날 아나요?"

풍희정이 고개를 끄덕였다.

"너무 잘 알죠."

"그런데 왜 난 동생을 모를까요? 이렇게 예쁜 동생이라면 기억 못 할 리가 없을 텐데."

"우린 오늘 이전에 단 한 번도 만난 적이 없으니까요."

"그런데 나를 잘 아신다? 이상하네요."

"지금은 이상할 거예요. 지금은 그렇죠."

대체 무슨 뜻일까?

알아들을 수가 없기에, 한이연은 눈살을 찌푸렸다. 그리고 물었다.

"당신들은 혜왕부 분들 맞나요?"

풍희정은 고개를 끄덕였다.

"네. 맞습니다."

그러며 뒤로 물러섰다.

호풍위 안으로 돌아간 풍희정은 선언하듯 말했다.

"우리는 이제부터 아무것도 하지 않습니다. 그러니 여러분께서는 저희를 없다고 여기셔도 무방합니다."

이건 또 무슨 수작일까?

모두의 시선이 풍희정의 입을 향했다.

"우리는 그저 지켜보기 위해 왔습니다. 시공지보가 주인을 찾는 순간을. 폐문(廢門)."

양측으로 갈라져 서 있던 호풍위가 빠르게 움직여 풍희정을 가렸다.

그리고 그 자리에서 더는 움직이지 않겠다는 듯이 방호진을 형성했다.

대체 무슨 의도일까?

도존이 눈살을 찌푸렸다. 뭔가 기묘한 놈들이 모여드는 것만 같았다. 그러니 더는 시간을 허비하면 안 되겠다는 생각이 들었다.

천마재생

그는 허공에 둥둥 떠 있는 백팔귀축도를 향해 손을 뻗었다.

슥.

백팔귀축도가 바로 날아와 도존의 손바닥 안에 안겼다.

도존은 백팔귀축도를 굳게 쥐고, 속삭이듯 말했다.

"우선 대충 정리해 놓아야겠어."

"같은 생각이다."

도존은 놀라 고개를 옆으로 돌렸다.

바로 옆에, 시원하게 잘생긴 청년이 팔짱을 낀 채 서 있었다.

남장후였다.

그는 도존의 시선 따위는 아랑곳하지 않고, 한이연을 바라보며 말했다.

"오랜만이야, 사고뭉치."

†

눈물이 날 것 같다.

아니.

웃음이 날 것 같다.

그것도 아니야.

눈물과 웃음이 동시에 나올 것만 같다.

하지만 한이연은 눈물을 흘리지 못했다. 웃음을 터트리지도 못했다.

아무것도 하지 못했다.

그저 바라보는 게 전부였다.

자신의 앞에 나타난 남장후를……

언제나 꿈꾸던 모습으로 정말 꿈처럼 나타난, 저 잘생긴 얼굴을…….

이게 꿈이 아니었으면 좋겠다.

아니, 꿈이라고 해도 좋았다.

그저 좋았다.

남장후가 살짝 눈살을 찌푸렸다.

"왜 그렇게 노려보지? 아. 시공지보를 빼앗아 갈까봐 걱정되나?"

한이연은 피식 웃었다.

조롱하는 말본새는 여전하네, 싶었다.

그래.

이 자식은 이런 녀석이었지.

덕분에 만날 수 없었던 삼년이라는 시간의 간격이 사라진 듯했다.

한이연이 미소를 그리며 말했다.

"그게 아니면 뭐야? 아하. 나 보고 싶어서 온 거구나?"

남장후가 고개를 끄덕였다.

"맞아. 사고뭉치, 널 만나러 온 거다."

한이연의 눈동자가 떨렸다.

떨리는 마음을 감추기 위해 농담 삼아서 던진 말이었다. 그러니 남장후에게 비웃음 섞인 몇 마디 조롱이나 듣게 될 줄 알았다.

'나를 보러 왔다고?'

그녀가 아는 남장후는 거짓말을 하지 않는다.

그러니 남장후의 말은 진심이 분명했다.

한이연은 가슴이 쿵쾅거려 아무 말도 할 수가 없었다. 덕분에 얼굴은 붉게 달아올랐다.

그때였다.

"시공지보를 차지하기 위해서가 아니라, 저 계집을 보러 왔다? 굳이 이곳에? 이 시기에? 그런 같잖은 말을 누가 믿을까? 흠. 보아하니 저 계집은 믿는 것 같구나. 쯧쯔쯔. 멍청하기는."

한이연의 시선이 목소리의 주인을 향해 돌아갔다.

도존이었다.

도존은 가소롭다는 듯 한이연을 비웃으며 이죽거렸다.

"하기야, 계집이라는 것들은 사랑에 빠지면 지독히 멍청해지지. 그저 제가 보고 싶은 것만 보고, 제가 듣고 싶은 것만 듣고, 제가 하고 싶은 것만 하더군. 사리에 어긋난다고 해도 상관없더군. 제가 사랑하는 남자가 하는 말만이 진리고, 제가 느끼는 행복한 감정만이 현실이야. 계집아. 용모는 제법 반반하지만, 그 살가죽 안은 형편없구나. 남자보는 눈은 더 형편없고."

한이연이 방긋 웃었다.

"내가 형편없을 줄은 모르지만, 남자보는 눈이 형편없다는 건 좀 아닌 것 같은데?"

"이 애송이가 널 지켜줄 것이라 믿는 게냐?"

그렇게 말하며 도존은 바로 곁에 서 있는 남장후를 위아래로 훑었다.

남장후는 그저 한이연만을 바라보고만 있었다. 그 모습이 도존에게는 겁이 난 것처럼 느껴졌나 보다.

도존은 피식 비웃음을 뱉었다.

"그래. 허우대는 제법 빼어나구나. 솔직히 내 곁에 이렇게 가까이 접근했을 때는 놀랐다. 방심한 틈을 노렸다지만 제법이었어."

남장후의 입이 벌어졌다.

"방심? 틈을 노려?"

남장후의 고개가 천천히 도존 쪽으로 움직였다.

눈이 마주친 순간 도존은 사라지더니, 오장 정도 뒤쪽에서 나타났다.

도존의 눈과 코, 입이 크게 벌어져 있었다. 그리고 전신의 모공에서 땀이 쏟아지듯 흘러나와 그의 온몸을 순식간에 적셔 버렸다.

남장후가 한심하다는 듯 말했다.

"너희는 어찌 그리 어설픈 게냐?"

도존은 대꾸치 못하고 침만 꿀꺽 삼켰다. 그는 남장후와
눈이 마주친 순간 깨달을 수 있었다.

눈앞의 청년이 얼마나 위험한 존재인지를.

끝이 보이지 않는 무저갱 속으로 빠져드는 아찔함과 거
대한 파도가 자신을 향해 몰려드는 절망을 동시에 느껴야
만 했다.

도존은 자신이 그러한 감정이 있다는 걸 처음 깨달았고,
그런 감정을 줄 수 있는 존재가 있음도 처음 깨달았다.

이 감정을 뭐라고 설명할까?

공포.

그래, 공포였다.

남장후가 말했다.

"네가 아직 살아있는 이유를 알려주랴? 네가 강해서?
너를 이용하기 위해서? 아니다. 네가 그리 어설프기 때문
이다."

남장후가 도존을 향해 한 걸음을 내딛었다.

"너는 내게 죽을 만한 자격이 없기 때문이다. 그렇기에
스스로 나를 알아보고 떠나라고 놓아두었던 것이다. 너에
게는 크나큰 기회였다. 평생에 다시 올 수 없는 행운일 수

도 있었다. 그런데 그 행운조차 낚아채지 못하는 구나. 어설픈 걸 넘어서 모자라."

도존은 거대한 언월도, 백팔귀축도를 양손으로 잡았다. 그러며 그가 뼈를 깎는 고통의 시간을 보내고 겨우 완성할 수 있었던 독문절기, 백팔귀행마도(百八鬼行魔刀)을 준비했다.

백팔귀행마도는 집마맹의 마공 중에서도 다섯 손가락 안에 드는 절대마공!

도존은 백팔귀행마도를 떠올리자, 남장후에게서 느꼈던 공포가 서서히 밀려나고 있음을 느꼈다.

그래, 백팔귀행마도라면 저 자를 죽일 수 있다.

도존은 그렇게 부르짖는 마음의 외침을 믿었다.

하지만 남장후는 피식 비웃을 뿐이었다.

"가소롭구나. 너는 스스로를 맹수라고 여겼겠지? 집마맹이라는 철창에 갇혀 이 넓은 세상을 바라만 볼 뿐, 질주할 수 없는 답답한 신세를 한탄했겠지. 옳다. 너는 맹수이다. 그 정도는 돼. 다 옳다. 너는 집마맹이라는 철창에서 태어나 자란 불쌍한 맹수이다. 하지만 너는 자유를 동경하기 전에 알아야 했다. 철창 너머의 세상이 얼마나 가혹한지를. 집마맹이라는 철창은 감옥이 아니라, 너를 지켜주는 방벽이었다는 것을."

남장후의 미간에서 푸른빛이 흘러나오기 시작했다.

거의 동시에 도존의 전신에서는 회백색의 기운이 솟구쳐 올랐다.

푸른 빛살과 회백색 기운이 부딪힌다.

빠지지지지지지직!

부딪힌 자리마다 마치 칼과 검이 격돌한 듯이 불똥이 튀어 나왔다.

푸른 빛살과 회백색 기운은 균형을 유지하며 밀렸다가 밀어내기를 반복했다. 하지만 어느 순간 회백색 기운이 불어나며 파도처럼 거칠게 몰아쳤고 순식간에 푸른빛을 휘감아 버렸다.

그 순간 도존은 득의어린 미소를 머금었다.

하지만 남장후는 가소롭다는 듯이 다시 입을 열었다.

"그래, 너의 어설픔은 어쩌면 당연한지도 모르겠구나. 철창을 갓 벗어난 어설픈 맹수는 세상의 가혹함을 알아볼 눈이 없을 테니까. 주인의 품에서 먹이를 받아먹고만 자란 고양이가 들고양이와 영역을 다툴 수 있을까? 세상을 겪어본 적 없는 고양이가 호랑이를 마주했다면 알아볼 수 있을까?"

휘이이이이이이이잉!

남장후의 오른팔이 푸르게 물들기 시작했다.

뒤이어 푸른빛은 점차 주먹 쪽으로 응집되더니 크게 부풀어 올랐다.

수라천마 장후를 상징하는 무공 파천육비절예 중 하나,

파천유성비를 준비하고 있는 것이었다.

그러자 위기를 느낀 도존이 크게 입을 벌리며 칼을 휘둘러 왔다.

그의 칼끝에서 회백색의 도강이 줄기줄기 뻗어 나왔다.

그 개수는 무려 백여덟 개나 되었다.

그의 도법, 백팔귀행마도의 극성, 악귀출행(惡鬼出行)이었다.

백여덟 개의 도강이 남장후의 전신을 조각내려는 찰나, 남장후의 오른 주먹이 움직였다.

콰아아아아아아앙!

오른 주먹에서 뿜어져 나온 유성은 도존의 도강을 거미줄처럼 찢어버리며 나아갔다.

도존은 자신을 향해 날아오는 유성을 바라보며 힘없이 속삭였다.

"이런."

퍽!

유성이 닿는 순간 도존의 상체는 먼지로 변해 흩어졌다.

그러고도 유성은 사라지지 않고 계속 뻗어나가 가로막는 모든 것을 먼지로 만들어 버린 후에 결국 하늘 너머로 사라졌다.

동시에 남장후의 미간에서 흘러나오던 푸른 빛 역시 사라졌다.

그를 지켜보는 모든 이들이 숨을 죽였다.

그들은 자신이 목격한 장면을 믿을 수가 없는지, 연신 눈을 깜빡였다.

하지만 남아있는 도존의 하체가 그들이 꿈을 꾼 것이 아님을 알려주고 있었다.

남장후는 아무 일이 없었다는 듯이 몸을 돌려 한이연에게로 걸어갔다.

한이연은 순간 주춤 한 걸음 뒤로 물러섰다. 본능에 따른 행동이었다.

헐벗은 몸으로 맹수를 맞이한 기분이 들었기 때문이랄까?

하지만 이 맹수는 나를 지켜주는 고마운 맹수임을 바로 떠올린 한이연은 자신이 실수했음을 깨닫고 다시 걸음을 앞으로 돌렸다.

그리고 다가오는 남장후를 향해 말했다.

"미안."

남장후가 살짝 고개를 저었다.

"아니. 미안하지 않아도 된다. 너는 내게 무엇이든 요구할 수 있다. 네게는 그럴만한 자격이 있다."

한이연은 고개를 갸웃거렸다.

너에게 남다른 감정이 있기 때문이 아니라, 마치 보은한다는 듯한 의미를 담은 말이었다.

하지만 보은을 한다면 한이연이 해야 했지, 남장후에게 받을 이유가 없었다.

한이연은 삼년 전에도 남장후는 이와 비슷한 말을 한 적이 있음을 떠올렸다.

남장후가 자신의 품에 손을 집어넣더니, 손가락만한 크기의 좁고 날카로운 푸른 보석 하나를 꺼냈다.

그러더니 한이연을 향해 내밀었다.

한이연이 남장후와 남장후가 내민 푸른 보석을 번갈아 보며 물었다.

"뭐 어쩌라고? 혹시 청혼하는 거야?"

"선택하거라. 받을 테냐, 아니면 거절할 테냐?"

"청혼이라면 조금 더 고민하는 척은 하지만 받는 줄게."

"수라마보이다. 받겠느냐?"

한이연의 눈이 찢어질 듯 커졌다.

수라마보!

육대지보 중 서열 삼위이자, 고금제일마공이라 불리는 수라파천마공이 수록되어 있다는 보물!

남장후는 내밀었다.

"결정하여라. 이 수라마보, 받을 테냐? 아니면 거부할 것이냐."

"이, 이걸 왜 내게 주는 거야?"

"네 것이니까."

한이연은 떨리는 목소리로 말했다.

"그게 무슨 말이야. 좀 알아듣게끔 말하라고."

그때였다.

윙윙윙윙윙윙윙윙.

벌떼가 무리지어 날갯짓을 하는 듯한 소리가 울려 퍼졌다.

소리의 근원을 향해 모두의 고개가 돌아갔다.

소리는 시공지보를 숨겨져 있다는 웅덩이, 잠홍지 안에서 흘러나오고 있었다.

대체 무슨 일이 벌어지는 걸까?

갑자기 잠홍지 안에 깃든 알록달록한 빛이 튀어나오더니, 둥글고 커다란 면을 만들어냈다.

그 순간 남장후가 속삭였다.

"시공지보."

그의 목소리를 들은 한이연이 침을 꿀꺽 삼킨 후 물었다.

"저, 저 거울 같은 게 바로 시공지보야?"

"그렇다. 시공지보의 주인아."

한이연이 휙 고개를 돌려 남장후를 바라보았다.

남장후는 여전히 그녀를 향해 수라마보를 내밀고 서 있었다.

한이연은 시공지보와 수라마보를 번갈아보았다.

이 자리에 육대지보 중 두 개가 모여 있는 것이었다.

한이연이 물었다.

"그러니까 지금 나보고 선택하라는 거지? 시공지보를 얻을지, 아니면 수라마보를 받을지를?"

남장후는 고개를 저었다.

"아니다. 너는 선택하여야 한다. 선녀가 될지, 아니면 지금처럼 평범하게 사고를 치며 살아갈지를."

한이연이 길게 한 숨을 내쉬었다.

"알아듣게 좀 설명해 달라고요."

"네가 알아들을 수 있는 건 없다. 다만 너 자신의 마음만을 알겠지. 네 마음이 가는 대로 결정하거라. 그 어떤 결정이라고 해도, 괜찮다. 나를 믿어라. 너를 지켜주겠다. 그 무엇이라고 해도 너의 결정을 번복할 수 없을 것이다. 그러니 네 마음대로 하거라."

"내 마음?"

남장후는 고개를 끄덕였다.

"그래, 네 마음."

한이연은 남장후를 가만히 바라만 보았다.

대체 남장후가 뭘 위해서 무엇 때문에 이러고 있는 건지 알 수가 없었다.

설명해줄 리도 없겠지.

한이연의 입이 벌어졌다.

"네 마음이 이렇게 말해. 너에게 난 뭐지?"

남장후의 눈매가 부드럽게 내려앉았다.

"사고뭉치 선녀."

"왜 내가 너에게 선녀이지?"

"알려줄 수는 없다. 하지만 알 수는 있지."

"알고 싶어. 그게 내 마음이야."

남장후는 두 눈을 질끈 감았다.

"이 수라마보를 받고 시공지보를 취해라. 그러면 알게 될 것이다."

그렇게 말하는 남장후의 목소리는 슬픔이 젖어 있었다.

연인을 떠나보내기 전 마지막 이별을 고하는 사람처럼……

한이연은 천천히 팔을 내밀었다. 그리고 남장후의 손에 들린 수라마보를 움켜쥐었다.

†

한이연은 수라마보를 움켜쥔 순간, 서늘함을 느꼈다. 언젠가 이와 비슷한 기분을 느꼈던 적이 있었다.

'열 둘이었나?

아니면 열 셋?

그 나이 즈음이었을 거다.

세상 모든 게 꽁꽁 얼어붙은 겨울의 어느 날, 그녀는 강으로 달려가 두꺼운 얼음을 깨고 그 안에 두 팔을 집어넣었다.

'어째서였더라?

아!

잉어를 잡으려고 했다.

잉어를 잡아 몸져누운 사부님께 어죽을 쑤어 드리려고 했었다.

하지만 조막만한 손바닥 안에 잡히는 건 아무것도 없었다.

한기를 버티지 못한 두 손은 그저 퉁퉁 부어올랐고, 아픔을 참지 못해 두 눈에서는 눈물이 흘러나와 퉁퉁 부었다.

그 다음 날, 사부님은 잠에 들듯이 돌아가셨다.

'그랬었지.'

왜 그 날이 떠올랐을까?

수라마보라는 귀한 보물은 손에 쥔 기쁜 순간이 왜 이토록 시리도록 슬픈 걸까?

한이연은 물끄러미 남장후를 바라보았다.

너는 아느냐고 묻는 듯한 눈빛이었다.

하지만 남장후는 두 눈을 꼭 감고 있기에 그녀의 눈빛을 보지 못했다.

천마재생

아니, 보았더라도 대답을 해주지 않았을 것만 같았다.

한이연의 입이 벌어졌다.

"선물, 고마워."

그제야 남장후의 눈이 떠졌다.

"본래 네 것이었다, 선녀야."

한이연이 짧은 한숨을 내쉬었다.

"처음 알았네. 수라마보가 내 것이었는지. 그럼 시공지보도 본래 내 것이라도 되었다는 거야?"

그러며 한이연은 뒤편에 나타난, 일곱 개의 빛살을 뿌려대고 있는 거울, 시공지보를 향해 고개를 돌렸다.

남장후 역시 그녀를 따라 시공지보를 바라보았다. 그리고 물었다.

"시공지보도 원하느냐?"

한이연이 고개를 저었다.

"모르겠어. 그냥 예쁘구나 하는 생각이 들어. 저걸로 뭘 할 수 있는 거야?"

남장후가 이를 악물었다. 고민이 된다는 듯한 표정이었다.

한이연이 그런 남장후를 돌아보며, 눈매를 좁혔다.

'이상해.'

지금의 남장후는 남장후 답지 않았다. 그녀가 아는 남장후는 세상이 무너진다고 해도, 코웃음을 칠 사람이었다.

지금같이 갈등이나 고민을 하는 모습은 남장후에게 어울리지 않았다.

한이연이 뭐라고 말을 하려는 찰나, 남장후가 먼저 입을 열었다.

"그래, 말해주지."

남장후의 얼굴에 더는 고민과 갈등의 흔적이 남아있지 않았다.

그 얼굴을 보니 한이연은 이래야 너답지, 라는 말이 튀어나올 뻔했다.

남장후가 말했다.

"시공지보는 통로이다."

"통로?"

"그래. 통로. 과거와 현재를 연결하는 통로. 저 시공지보 안으로 들어가면 과거로 돌아갈 수 있다."

한이연은 눈을 깜빡였다. 그리고 잠시 후 배시시 웃으며 말했다.

"자, 웃어줬지? 이제 제대로 말해줘."

하지만 남장후의 입은 벌어지지 않았다. 설명을 마쳤다는 듯한 태도였다.

한이연이 미소를 지우고 굳은 얼굴로 물었다.

"정말이야?"

남장후는 고개를 살짝 끄덕였다.

한이연은 다시 물었다.

"정말 정말이야?"

남장후는 이번에도 고개를 끄덕였다.

그러자 한이연은 휙 고개를 돌려 시공지보를 바라보았다.

과거로 갈 수가 있다니!

상상치도 못했다.

만약 시공지보를 통해 과거로 돌아간다면?

'역사를 바꿀 수 있어!'

하오문은 강호무림에서 손꼽히는 정보단체이다.

그러니 강호무림에서 벌어지는 시시콜콜한 부분부터 중요한 사실까지 대부분을 기록되어 있었다.

과거로 돌아가 그 정보를 이용한다면?

'하오문을 무림최고의 문파로 만들 수 있어!'

한이연은 저도 모르게 시공지보를 향해 한 걸음 내딛었다. 하지만 두 걸음으로 이어지지가 않았다.

한이연은 갑자기 휙 몸을 돌리더니 남장후를 향해 말했다.

"내가 좀 멍청해서 그런데, 이해가 안되는 게 몇 개 있어. 너라면 알 것 같은데 대답 좀 해줄래?"

남장후는 고개를 살짝 끄덕였다.

"뭐든지."

"내가 저 안에 들어가면 뭔 짓을 많이 할 것 같거든. 그러면 지금 세상은 어떻게 되는 거야?"

"아무 것도 변하지 않는다."

"왜 변하지 않지?"

"변하지 않으니까."

한이연이 떨리는 목소리로 말했다.

"너, 날 만났지?"

남장후는 대답하지 않았다.

그러자 한이연이 목소리를 높여 말했다.

"말해! 너 날 만났지?"

남장후의 고개가 천천히 아래로 내려갔다.

한이연의 눈동자가 마구 떨렸다. 그녀는 손을 들어 제 이마를 쓰다듬으며 미친 사람처럼 중얼거렸다.

"그러니까, 뭐야. 지금의 이 세상은 내가 이미 과거로 돌아갔다가 온 후의 모습이라는 거네? 그럼 어떻게 되는 거지? 내가 저 안에 들어가도 변하는 건 아무것도 없다는 거잖아."

남장후가 말했다.

"아니. 변한다."

한이연이 몸을 굳혔다. 그리고 잠시 후 자신의 손에 들린 수라마보와 시공지보를 번갈아 보았다.

이어 남장후에게로 시선을 돌린다.

"설마……?"

남장후는 고개를 끄덕였다.

한이연은 고개를 저었다.

"아니야. 말도 안 돼."

남장후는 다시 고개를 끄덕였다.

한이연이 버럭 소리쳤다.

"그럴 리 없어! 거짓말이야! 내가 너를, 수라천마 장후를 만들었을 리 없어!"

남장후의 입이 벌어졌다.

"넌 지금의 나를 있게 했다, 사고뭉치 선녀야."

한이연은 마구 고개를 저었다.

"그럴 리가 없어. 거짓말이라고 해줘."

남장후가 말했다.

"거짓말이고 싶으면, 시공지보를 포기해라. 네가 결정하기에 달렸다."

第六十九章.

괜찮아

天魔再生

第六十九章.

괜찮아

남장후는 거짓말을 하지 않는다.

그러니 지금까지의 설명은 모두 사실일 것이다.

하지만 한이연은 그 모든 설명을 거짓말로 만들 수 있었다.

그녀가 시공지보 안으로 들어가지만 않는다면, 남장후의 설명은 모두 거짓이 되고 마니까.

하지만 그렇게 된다면?

수라천마 장후는 존재하지 않겠지.

당연히 남장후는 없을 거다.

그렇다면 이 세상은 집마맹의 마인들이 활개치고 다니는, 지옥으로 바뀌어 있겠지.

그 모든 게 한이연이 지금 결정하기에 달려 있었다.

'무서워.'

한이연은 벌벌 떨었다. 그러다 작게 속삭였다.

"왜 나지?"

휙, 고개를 들어 올려 남장후를 향해 화가 난 듯이 외쳤다.

"하필 왜 나야! 이 많은 사람들 중에 왜 나인 거야!"

남장후는 차분한 목소리로 대꾸했다.

"나도 모른다."

"넌 다 알잖아! 모르는 게 하나도 없잖아! 말해봐! 대체 왜 나냐고!"

거의 울부짖는 것만 같은 그녀를 향해 남장후는 여전히 담담한 어조로 말했다.

"나도 알고 싶다. 어째서 너 인지."

그 말이 위로가 되었는지 일그러졌던 한이연의 얼굴이 부드럽게 펴졌다.

"그건 내가 알 것 같아."

"그럼 알려다오. 어째서 너이냐?"

한이연은 물끄러미 남장후를 바라보았다. 그를 만난 순간부터 지금까지가 머릿속에 그림이 되어 스쳐지나갔다.

떠올리는 것만으로도 행복했다.

시공지보 안으로 가지 않으면, 그 모든 추억을 잃고 만다.

눈앞의 남장후는 없을 테니까.

그럴 수는 없었다.

'내가 없더라도, 너는 있어야해. 그만큼 너를 좋아해.'

그게 한이연이 지금 이 순간 알게 된 진심이고, 남장후가 모르는 답이었다.

한이연의 입이 스르르 벌어졌다.

"그건 말이야, 비밀."

그러며 한이연은 그린 것처럼 아름다운 미소를 지었다.

그리고 몸을 돌려 천천히 시공지보를 향해 걸어갔다.

그녀의 발걸음은 산책을 나서는 듯이 가볍기만 했다.

남장후는 멀어지는 한이연을 안타깝다는 눈으로 보다가 빠르게 다가가며 말했다.

"잠깐!"

그러더니 어울리지 않게 허둥대며 품에서 자그마한 주머니 하나를 꺼냈다.

천기지보였다.

천기지보를 열어 그 안에 손을 집어넣더니, 뭔가를 찾는 듯 뒤적였다.

그러던 중 낡은 서찰 하나가 튀어 나왔지만, 남장후는 무시하며 계속 천기지보 안을 뒤적였다.

곧 남장후는 천기지보 안에서 손을 빼냈고, 그의 손에는 손가락만한 두께의 줄뭉치가 들려 있었다.

천마재생

남장후는 타래를 풀더니, 한이연의 허리에 묶었다.

한이연이 물었다.

"이게 뭐야?"

"천리여의조(千里如意條)라는 것이다. 천리까지 늘어난다고 하지. 돌아오고 싶을 때 줄을 두 번만 잡아당겨라."

그러며 남장후는 반대쪽 끝을 자신의 손에 굳게 쥐었다.

그 순간 한이연의 눈이 반짝였다.

"나, 돌아올 수 있어?"

남장후가 고개를 끄덕였다.

"있다. 잊어서는 안 된다. 두 번이다. 그러면 내가 너를 잡아당길 거야."

한이연은 안도했다는 듯이 환하게 웃으며 크게 고개를 끄덕였다.

"알았어. 두 번!"

남장후는 고개를 끄덕였다.

"그래. 두 번."

한이연의 시선이 아래로 향했다. 남장후가 천리여의조를 꺼낼 때 튀어나왔던 낡은 서찰이 바닥에 덩그러니 놓여 있었다.

한이연이 갑자기 눈을 얇게 좁히고 물었다.

"저건 뭐야?"

남장후는 손을 뻗어 서찰을 낚아채고, 소매에 집어넣었

다.

한이연이 다시 물었다.

"그 서찰 뭐야?"

"신경 쓸 것 없다."

어쩐지 변명하는 것만 같기에 한이연은 남장후를 가만히 바라보았다.

남장후는 가벼운 말투로 설명했다.

"어머니께서 주신 거야. 할머니께서 내게 남겼다는 서찰이라 시더군. 창고를 정리하다가 나왔다고 하시더라."

"그런데 읽지는 않은 것 같네?"

"아직."

"왜?"

"읽고 싶지 않아서. 왜 자꾸 묻는 거지?"

"그냥. 표제의 필치가 익숙해서."

그러며 한이연은 빙긋 웃었다.

"두 번이야."

남장후가 고개를 끄덕였다.

"그래. 두 번이다. 잊지마."

"어떻게 잊을 수 있겠어요. 이 끈 절대 놓치마."

남장후는 코웃음 쳤다.

"너나 놓지 말아라."

"절대 놓지 않겠습니다."

그러며 한이연은 휙 몸을 돌려 시공지보를 향해 빠르게 걸어갔다.

그 순간 남장후가 외쳤다.

"소연(小然)!"

한이연이 휙 고개를 돌렸다.

"뭐야. 내 이름 잊은 거야? 소연은 어떤 여자야, 대체?"

남장후가 말했다.

"누군가 너를 죽이려고 하는 순간, 소연이라고 외쳐라."

"소연?"

"그래. 소연. 그 두 글자가 너의 생명을 지켜줄 거야."

한이연은 고개를 갸웃거린 후, 씩 웃었다.

"알았어. 그럼 조금 이따 봐, 장후 소년."

남장후는 고개를 끄덕였다.

"그래. 조금 이따가 보자. 사고뭉치."

한이연은 바로 시공지보를 향해 달렸다.

그리고 시공지보가 머금은 무지개 속으로 몸을 날렸다.

빛에 휩싸이는 순간, 한이연은 서늘함을 느꼈다.

수라마보를 움켜쥐는 순간, 느꼈던 그 기분이었다.

한이연은 억지로 불길함을 지워내고, 앞을 향해 달려갔다.

한 손에는 수라마보를 움켜쥐고, 다른 한 손에는 허리에 묶인 줄 천리여의조를 굳게 쥐었다.

'소연. 그리고 두 번.'

잊지 않으려 했다.

그리고 굳게 다짐했다, 반드시 돌아가겠다고.

남장후에게로…….

온 세상을 물들였던 무지개의 물결이 점점 옅어지고 있었다.

잠시 후, 빛은 사라지고 대신 어둠이 그녀를 맞이했다.

한이연은 걸음을 멈추었다.

어둠이 짙었다.

두려움이 그녀를 엄습했지만 억지로 밀어내며 뒤로 몸을 돌렸다. 그곳에 안심하라는 듯이 무지갯빛 거울의 형태를 한 시공지보가 허공에 둥둥 떠 있었다.

한이연은 안도하며 천천히 주변을 둘러보았다.

어둠에 익숙해진 눈이 점차 주변의 풍광을 그려주었다.

풀숲이었다.

위와 아래, 사방이 우거진 덤불에 막혀 있었다.

어디로 가야 할까?

그때였다.

휘익.

덤불이 갈라지며 뭔가가 튀어 나왔다.

"뭐, 뭐야!"

깜짝 놀란 한이연은 쾌의도수의 자세를 취했다.

265

천마
재생

튀어나온 물체가 휘돌더니 한이연의 측면으로 접근했다.

그리고 바로 뭔가를 뻗어왔다.

빛이 번쩍인다.

쇠붙이!

검이었다.

날아오는 검격을 막을 수 없음을 절감한 한이연이 급히 입을 벌렸다.

"소연!"

남장후가 알려준 단어.

그 두 글자가 너를 살릴 것이라고 했기에 외친 것이었다.

아니나 다를까, 검이 한이연의 목 앞에서 뚝 멈췄다.

낮고 갈라진 목소리가 울린다.

"뭐냐, 넌."

한이연이 눈동자만을 돌려 목소리의 주인을 바라보았다.

삼십대 중반 정도로 보이는 사내였다.

사내의 전신에는 상처가 가득했다. 당장에 쓰러져 죽는다고 해도 조금도 이상하지 않을 만큼 심각한 상태였다.

사내는 눈이 잘 보이지 않는지, 얇게 눈매를 좁히며 말했다.

"너, 그 이름을 어떻게 아는 거지? 말하라."

그러며 검을 한이연의 목에 붙였다.

차갑고 날카로운 쇠붙이의 느낌에 한이연은 오싹함을 느꼈다.

그때 저 멀리서 사람들의 외침과 고함이 울렸다.

"찾아라! 놓쳐서는 안 된다!"

"흑검독랑 장후! 오늘이 네 마지막 날이다!"

한이연이 두 눈을 크게 뜨고 자신을 위협하는 사내를 바라보았다.

사내는 귀를 쫑긋 세우고 뭔가에 집중했다. 들려오는 목소리와의 거리를 살피는 듯했다.

한이연이 사내를 향해 물었다.

"설마 당신, 장후?"

사내는 대꾸하는 대신 물었다.

"너, 내 아내의 이름을 어떻게 아는 거지?"

†

찢기고 갈라진 의복 사이로 드러난 근육은 암석을 연상시킬 정도로 단단해 보인다.

세월의 모진 풍파를 꿋꿋이 버텨온 천년의 거암 같다고나 할까?

하지만 사람은 아름다움을 그저 아름답도록 내버려두지

않는다.

부수고 조각 내린다.

그래야 더욱 아름다워진다고 변명하며…….

그렇게 사람은 아름다운 것들을 지워간다.

사람의 송곳과 망치에 얻어맞아 파이고, 갈라지고, 비틀어져, 당장에 무너져 내릴 듯한 암석 같은 사내이다.

그게 한이연이 느낀 상처투성이 사내의 첫인상이었다.

그리고 두 번째 든 인상은 외로운 맹수였다.

그물에 낚이고, 화살에 꽂히고, 매질을 당했으면서도 여전히 이빨와 발톱을 숨기지 않는, 고고한 짐승이랄까?

그런데 이 사내가, 이 곧 바스러질 거암 같은 사내가, 당장 숨통이 끊어질 것 같음에도 여전히 고고함을 잃지 않는 짐승 같은 사내가 바로 남장후라니.

한이연은 믿고 싶지 않았다.

그녀가 본 남장후는 거암 따위가 아니라, 산이었다.

바다였다.

하늘이었다.

땅이었다.

이 세상의 모든 생명이 달려든다고 해도, 손톱만한 생채기 하나 남지 않은 채 무너트릴 수 있는 존재였다.

그저 막연한 짐작이지만, 실제로 그런 일이 벌어진다고 해도 남장후라면 가능할 것만 같았다.

하지만 알겠다.

'이렇게 힘들었기에 그렇게 될 수 있었구나.'

한이연은 남장후의 비밀을 엿본 것만 같았다.

이렇게 괴롭고 외로운 시간을 버티고 넘어왔기에, 흑검독랑 장후는 남장후가 될 수 있었던 것이다.

삼십대 중반의 사내, 장후가 갑자기 비틀거렸다. 피를 너무 많이 흘려 순간 정신을 잃은 것이었다. 그럼에도 한이연의 목에 붙인 검만은 조금의 미동도 없었다.

당장 쓰러질 듯하던 장후가 다시 자세를 유지했다.

한이연이 울음이 섞인 목소리로 말했다.

"많이 아파요?"

장후의 눈매가 꿈틀거렸다. 여기까지 오는 중 집마맹 마인들과의 격전을 벌이던 중 눈을 다친 탓에, 그는 시각을 잃은 상태였다.

그렇기에 귀를 포함한 다른 감각으로 지물을 구분하고 파악해야만 했다. 그렇기에 오히려 눈으로 보는 것보다 확실히 알 수 있는 것도 있었다.

이 여자가 걱정스럽다며 하는 말은 숨결을 통해 진심임을 알려주었다.

목에 붙인 검을 통해 전해지는 온기 역시 여인은 지금 진심으로 자신을 걱정하고 있다고 느끼게 했다.

천마재생

대체 왜 이 낯선 여인이 나를 걱정하는 걸까?

알 수가 없다.

그래. 그저 천성이 선한 편이라서 겠지.

하지만 지금 그런 건 중요한 게 아니었다.

거추장스러웠다.

그러니 죽여야 했다.

하지만 장후는 한이연의 목에 가져다 댄 검을 앞으로 뻗지 않았다. 오히려 떼어내어 아래로 내렸다.

스스로 생각해도 자신답지 않은 행동이었다.

소연이라는 이름을 들었기 때문일 것이다.

'잘 못 들은 거지.'

이 여자가 소연을 알 리 없다.

검이 날아오기에 그저 당황하여 비명을 질렀을 뿐인데, 그 소리가 소연이라고 들린 것이겠지.

장후는 검을 바닥에 꽂고, 허리띠를 뒤집어 그 안에서 검은 환약을 꺼냈다. 그것을 양손으로 펴서 자신의 상처부위에 골고루 정성스레 발랐다. 그러며 말했다.

"가거라. 어떻게 숭마림(崇魔林)에 들어왔는지는 모르겠지만, 서둘러 이곳을 벗어나라. 이곳은 곧 지옥이 될 테니까."

한이연의 눈이 커졌다.

'여기 홍운산이 아니었어? 가만. 숭마림?'

숭마림은 과거 집마맹에서 성지(聖地)로 지정했던 지역으로, 사파무림의 최강자였던 만악제(萬惡帝)의 급습을 받아 무너졌다고 들었다.

사파무림의 쾌거라고 불리는 역사적 사건 중 하나였기에, 한이연도 알고 있었다.

"하기야 만악제가 악도방(惡徒幇)을 이끌고 곧 도착할테니, 도망칠 곳도 없겠지."

장후가 환부에 약을 바르며 속삭이는 말에 한이연은 바로 지금 이곳이 바로 그 사건의 현장임을 알 수 있었다.

그녀의 기억에 수라천마 장후가, 그러니까 흑검독랑이라고 불렸던 당시의 장후가 숭마림 사건에 활약을 했었다는 이야기는 없었다.

한이연 역시 느낄 수 있었다. 지금 이리로 많은 이들이 몰려들고 있다는 것을.

"흐음. 이 정도면 몇 정도는 더 죽이고 갈 수 있겠군."

장후가 그렇게 말하자, 한이연은 그녀의 몸을 살펴보았다.

여전히 그의 몸은 피를 뿜어내고 있었다. 특히 복부의 상처부위는 마치 내부에 있는 피를 모두 뱉어내겠다는 듯이 꾸역꾸역 토해냈다.

곧 죽는다.

누가 보아도 장후는 곧 죽고 만다.

천마재생

그럼에도 장후는 만족스럽다는 표정을 짓고 있었다.

자신의 죽음보다 집마맹의 마인 몇을 더 죽일 수 있어서 행복하다는 듯하다.

한이연은 그런 그의 모습이 무섭기보다 애달팠다.

'이렇게 살았었어?'

너, 왜 이렇게 아프고 괴롭고 힘드니.

장후가 검을 뽑아들며 말했다.

"왔군."

한이연은 주변이 더욱 어두워지는 기분이 들었다.

뒤이어 공기가 끈적끈적해진 것만 같았다.

습하다기보다는 눌러터진 벌레의 잔해가 몸에 달라붙는 느낌이랄까?

그녀가 도존에게서 느꼈건 기운과 흡사했다.

집마맹의 마인이 오고 있다.

그것도 거의 도존 만한 고수가!

장후가 비릿한 미소를 그리며 중얼거렸다.

"이거, 생각보다 큰 놈이 걸렸어."

'생각보다 큰 놈?'

한이연은 어이가 없었다.

지금 당신 수준으로는 상대할 수 있는 고수가 아니야.

나중에 이 수라마보를 얻어서 아수라파천마공을 완성하면 저 정도쯤은 우스울 테니까, 오늘은 피했다가……, 어?

한이연은 급히 자신의 손을 내려 보았다.

'수라마보가 없어?'

분명 꼭 쥐고 있었다.

무슨 일이 있어도 떨어트리지 않겠다고, 손 안에 파고들 정도로 쥐고 있었다.

그런데 손바닥 안이 비어 있었다.

'대체 이게 어떻게 된 거야?'

한이연은 급히 주변을 둘러보았다. 수라마보는 스스로 빛을 내기에 이 어둠 속에서도 쉽게 찾을 수 있었다.

그런데 어디에도 보이지가 않는다.

휙, 몸을 돌리자 허공에 둥둥 떠 있는 시공지보가 보였다.

그 안에 언뜻 반짝이는 푸른 금속조각이 보였다.

바로 수라마보였다.

대체 왜 저기에 떠 있는 걸까?

한이연은 바로 달려가 시공지보 안으로 손을 뻗어, 수라마보를 낚아챘다. 그리고 다시 끌어내려 하자, 수라마보는 그녀의 손바닥을 통과하여 그대로 시공지보 안에 남겨졌다.

몇 번이나 거듭해 보아도 마찬가지였다.

'왜 안 빠져 나오는 거지?'

한이연은 퍼뜩 깨달았다.

수라마보는 과거로 넘어올 수가 없는 거다.

천마재생

바로 이곳 어딘가에 수라마보가 존재하기에 둘로 존재할 수 없는 것이다.

'그렇다면?'

이곳 어딘가에 이 시대의 수라마보가 있고, 나는 그걸 찾아 장후에게 준 것이다.

'대체 어디에?'

그때였다.

콰앙!

굉음과 장후가 하늘로 날아올랐다.

그가 있던 자리는 움푹 파여 있었고, 그 자리에 노인 한 명이 뒷짐을 쥔 채 서 있었다.

바닥에 떨어진 장후가 비틀거리며 일어나 속삭였다.

"집마제사(集魔祭司)께서 직접 나설 줄은 몰랐어."

집마제사라고 불린 노인이 장후에게 손을 내밀었다.

"내놓아라."

장후가 피식 웃었다.

"뭘?"

"시마백린상(示魔魄鱗像)을 내놓으란 말이다!"

장후가 갑자기 허리띠를 뒤적거리더니, 손가락만 한 길이의 마귀상(魔鬼像)을 꺼냈다. 청옥(靑玉)으로 만들어진 것만 같은 그것은 어둠을 밀어내며 푸른빛을 안개처럼 흘렸다.

한이연은 침을 꿀꺽 삼켰다.

저 시마백린상이 흘리는 푸른빛이 수라마보와 너무도 닮았기 때문이었다.

그렇기에 그녀는 본능적으로 느낄 수 있었다.

저 시마백린상이 바로 수라마보임을!

집마제사라는 노인은 한이연이 보이지 않는 듯했다. 시공지보조차 보이지 않는 듯했다.

오직 장후의 손에 들린 시마백린상 만을 노려보고 있었다.

집마제사가 말했다.

"내놓아라. 그럼 살려주겠다."

장후가 살짝 고개를 저었다.

"살려주지 않아도 돼. 그러니까 다른 조건을 걸어봐."

집마제사의 눈이 꿈틀거렸다.

그 순간 장후가 손아귀를 좁혔다.

빠지직.

시마백린상의 표면에 균열이 일었다.

집마제사는 입을 크게 벌려 외쳤다.

"그만!"

장후가 손을 풀었다.

집마제사는 두 눈으로는 불똥을 토하며, 입에서는 비틀린 신음을 흘렸다.

"원하는 게 뭐냐."

"당신의 죽음. 죽어. 지금 당장. 그러면 주지."

"들어줄 수 있는 것을 걸어라."

"시마백린상. 집마맹의 제일보물. 집마맹이 이곳 숭마림을 성지로 정한 이유. 너 집마제사 목숨 따위와는 계량할 수도 없다고 들었는데, 아니었나? 별 거 아니었네."

그러며 장후는 다시 손아귀를 좁혔다.

빠지지직.

집마제사가 다급히 외쳤다.

"그만! 맞다! 내 목숨 따위와는 비교할 수 없지. 그래, 죽어주마. 하지만 네가 약조를 지킬 줄 누가 알고?"

장후가 턱 끝으로 집마제사의 왼편을 가리켰다.

"저 놈이 알겠지."

그러자 한 사내가 모습을 드러냈다.

집마제사가 휙 고개를 돌려 사내를 노려보며 말했다.

"아무도 오지 말라고 하지 않았더냐!"

사내가 정중히 고개를 숙였다.

"죄송합니다, 제사장님. 하지만 시마백린상이 걸린 일입니다."

그러며 사내는 장후 쪽으로 고개를 돌려 말했다.

"흑검독랑 장후. 소문보다 대단하군. 성역에서 시마백린상을 빼내다니. 나라고해도 불가능하지 않을까 싶은데."

장후가 말했다.

"당신이 십존 중 패존(覇尊)이라면 불가능하진 않겠지."

사내가 헛웃음을 켰다. 그러며 팔짱을 끼며 제사장을 향해 고개를 돌렸다.

"허허헛. 대단하지 않습니까, 제사장님? 집마십적 중 일인으로 정해질 만 하군요."

집마십적!

집마맹이 적으로 공표한 열 명의 고수.

그 중에 흑검독랑 장후의 이름도 포함되어 있었다.

장후가 말했다.

"아, 꼭 하고 싶던 말인데 그거 좀 심한 것 같더군. 집마십적이라니. 내가 삼태천, 만악제와 함께 묶이는 건 좀 과하지 않나? 나 좀 빼줘."

"네가 한 짓을 생각해봐."

남장후가 눈살을 찌푸렸다.

"그래도 좀 과해."

"그럼 네가 할 짓을 생각해봐라."

남장후가 고개를 끄덕였다.

"인정하지."

패존이 피식 웃은 후 말했다.

"요 밑에 만악제가 제 아이들 다 끌고 와 있더라. 네 짓이지?"

천마재생

장후가 고개를 갸웃거렸다.

"우연일지도 모르지 않나?"

"우연이 아닐 거라는 생각이 드는 건, 나 뿐인가?"

"이건 정말 우연이군. 나도 그런 생각이 들거든."

"이거 하나만 묻자. 대체 그 겁쟁이를 어떻게 꼬신 거야?"

장후가 싸늘한 미소를 지었다.

"겁을 줬지."

패존이 고개를 위로 젖히고 입을 쩍 벌렸다.

"푸하하하하하하하하하하하하핫!"

그러더니 뚝 웃음을 멈추더니, 집마제사를 돌아보았다.

"저 놈, 진짜 재밌지 않습니까?"

집마제사가 버럭 소리쳤다.

"지금 그게 문제인가! 무슨 일이 있어도 시마백린상은 무사히 되찾아야 하네."

"예, 예. 그러려고 제가 여기까지 온 게 아니겠습니까?"

장후가 피식 웃었다.

"이봐, 패존. 웃기지 않아? 이 옥덩어리가 뭐 그리 대수라고."

패존이 한숨을 내쉬었다.

"동감이야. 시조의 유물이라는데 어쩌겠나?"

장후가 물었다.

"죽은 자의 물건이 살아있는 자의 목숨보다 값어치 있을까?"

"난 그렇지 않다고 보는데……."

패존이 휙 고개를 돌려 집마제사를 향해 물었다.

"제사장님께서는 어찌 생각하십니까?"

집마제사가 버럭 소리쳤다.

"시마백린상은 네 더러운 목숨보다 값지다. 알겠느냐?"

패존이 과장되게 눈살을 찌푸렸다.

"서운합니다, 제사장님."

그러더니 어깨를 으쓱하며 한숨을 쉬었다.

"제사장님께서 그리 여기신다면야, 어쩔 수 없지요."

푸욱.

집마제사의 눈이 찢어질 듯 벌어졌다. 그는 눈동자를 내려 자신의 심장부위를 바라보았다.

패존의 손이 그 안에 박혀 있었다.

"왜?"

패존이 씩 웃었다.

"뭘 물어. 네가 네 입으로 말했잖아. 네 목숨보다 시마백린상이 중요하다고. 병신아."

그러며 패존은 천천히 팔을 끄집어냈다.

빠져나온 그의 손은 집마제사의 심장을 꼭 쥐고 있었다.

279

툭.

집마제사의 몸이 도끼에 찍힌 나무처럼 패존 쪽으로 스르르 넘어갔다.

그러자 패존은 귀찮다는 듯이 그의 가슴을 팔꿈치로 밀었다.

밀려나 몸을 돌아간 집마제사가 패존의 앞에 털썩 소리를 내며 깔렸다. 하늘을 향한 그의 얼굴은 경악으로 물들어 있었고, 두 눈은 자신의 죽음을 믿을 수 없다는 듯이 크게 뜨여 있었다.

패존은 집마제사의 시체를 내려 보며 가소롭다는 듯한 미소를 지었다. 그러며 장후가 들으라며 말했다.

"이 노친네는 말이야, 언제나 배려와 존경을 혼동해서 문제였어. 하는 짓이라고는 골동품을 들고 지금은 어느 밭에 거름이 되어있는지 모를 시조께 제사나 지내는 주제에, 제가 뭘 대단히 존경받는 일을 하는 줄 착각한단 말이야. 그저 살 날 얼마 안남은 늙은이, 내버려두면 굶지나 않을까 해서 챙겨주는 건지도 모르고 말이야. 쯧쯔쯔. 병신도 이런 병신도 없지. 그래서 네 손에 죽은 거야."

장후가 물었다.

"내 손에?"

패존이 고개를 끄덕였다.

"그래. 네 손에."

장후가 턱 끝으로 패존의 손을 가리켰다.

"그 손에 들린 건 뭐지?"

패존이 자신의 손이 아직도 쥐고 있는 집마제사의 심장을 내려 보았다.

그러더니 장후를 향해 내밀었다.

"줄까?"

"됐어."

패존이 심장을 땅바닥에 툭 던지고는 그 위로 침을 퉤하고 뱉었다. 그리고 씩 하고 웃었다.

"아. 속이 다 시원하다. 이 늙은이 보필하라고 벌써 삼 년째 여기서 썩고 있었거든. 고맙다. 다 자네 덕분이야. 자, 그럼 어떻게 죽여줄까? 고마움의 표시로 그 정도의 선택권은 주지. 골라봐."

장후가 손에 들린 시마백린상을 내밀었다.

"이거, 필요 없나?"

패존이 피식 웃었다.

"선수끼리 이러지 말자. 그딴 골동품, 있어도 그만 없어도 그만이야."

장후가 눈을 얇게 좁혔다. 그러더니 살짝 고개를 끄덕였다.

"그런 것 같군. 하나 만 물어도 될까? 이 옥 덩어리가 어째서 집마맹의 보물이지?"

"너도 알지 않나? 시조의 유품이라더군."

"너희가 시조의 유품 따위를 소중히 여길만한 놈들이었나? 이용가치가 없으면 부모형제도 베어죽일 놈들로 뭉친 게, 너희 집마맹인 것 같은데."

패존이 손사래를 쳤다.

"오해야. 형제까지는 모르겠는데, 부모까지는 아무리 우리라고 해도 좀 그렇지."

"선수끼리 이러지 말자며."

패존이 피식 웃었다.

"그래, 맞아. 우리가 좀 그렇긴 하지. 좋아, 알려주지. 우리 집마맹이 시마백린상을 제일가는 보물로 취급하는 건, 거기서 우리의 마공이 나왔기 때문이야."

장후가 자신의 손에 들린 시마백린상을 내려 보았다.

"역시 그랬군."

패존이 고개를 끄덕였다.

"그래. 거기서 다 나왔고, 다 털어먹었어. 그건 껍데기에 불과해. 그런데 이 제사장 늙은이는 아직 그 안에 남아 있는 게 하나 있다며 개지랄을 떨어댔지. 그게 바로 시조의 진정한 유학일 거라나? 뭐 이 늙은이 말이 맞을지도 몰라. 그 안에 시조의 진정한 유학이 남아있을 수 있지. 그래서 뭐 어쩌라고? 우리는 이미 시조를 넘어섰는데."

장후는 대꾸치 않고 시마백린상을 찬찬히 살펴보았다.

그 모습을 지켜보던 패존이 피식 웃었다.

"왜? 아! 우리 집마맹이 수십 년 동안 노력했는데도 발견하지 못한 시마백린상에 숨겨진 시조의 유학을 네가 찾아내시겠다? 더구나 바로 익히고 나를 죽이겠다, 뭐 그런건가? 해봐. 기다려주지. 딱 열 셀 동안은."

"그럴 리가."

장후는 그렇게 말하며 손아귀를 좁혔다.

빠지지지직.

움켜쥔 장후의 손은 파르르 떨렸고, 잠시 후 아귀를 벌렸을 때는 시마백린상은 수십 조각으로 나뉘어져 떨어져 내렸다.

패존이 한숨을 내쉬었다.

"그렇다고 부술 것까지는 없잖아."

장후는 대꾸하는 대신 검을 두 손으로 쥐었다. 그리고 검 끝으로 패존을 가리켰다.

패존이 피식 웃으며 그를 향해 걸음을 옮겼다.

"꼬락서니 보아하니 가만 놔두어도 죽을 것 같기는 하지만, 그래도 내가 직접 죽여주기는 하지. 고맙지?"

"바쁘지 않나? 밑에서 만악제가 난리를 치고 있을 텐데."

천마
재생

"만악제 따위가 뭐 대수라고. 신나게 놀라고 그래. 가장 즐거울 때 목을 따는 거, 은근히 기분 좋거든."

"그럼 난 뭐가 대수라고?"

패존이 피식 웃으며 말했다.

"내가 비밀 하나 가르쳐 줄까? 네가 왜 아직까지 살아있었던 것 같아? 우리가 멍청해서? 아니면 네가 열심히 잘 피하고 다녀서? 아니지. 넌 우리가 지켜줬기에 살아있었던 거야. 맹주께서 특별히 명하셨지. 널 내버려두라고. 뭘 하는 그저 지켜만 보라고. 왜? 넌 제법 괜찮은 미끼거든. 네가 이리저리 들쑤시고 다니면서 우리를 피해 숨어버린 정사무림의 대가리들을 쑥쑥 낚아내니까. 보라고. 네 덕분에 만악제라 걸렸잖아. 넌 좀 대수야. 우리에게 대단히 유용해. 몰랐지?"

장후가 씩 웃었다.

"몰랐을까?"

패존의 얼굴이 굳었다.

"알았어? 그럼 재미없는데."

"그럼 몰라줄까?"

"됐어. 김샜다. 하지만 넌 너무 깊게 들어왔어. 시마백 린상을 훔치다니. 쯧쯔쯔. 맹주님께서도 이번만은 참지 못하신 것 같아. 죽이라시더군."

"우리, 거래를 할까?"

"무슨 거래?"

"날 살려주면 십년 안에 너희 맹주를 죽여주지. 어때?"

패존의 눈매가 날카로워졌다.

"겁에 질려 미치기라도 한 거야?"

"싫어? 맹주가 되고 싶지 않나? 그 정도 야망도 없어?"

"맹주님께서 어떤 분인지나 알고 말하는 거야?"

"왜? 못할 것 같나? 이 검 한 자루만으로 여기까지 올라
온 나야. 십년, 오히려 길다 싶지 않아?"

패존은 입을 굳게 다물었다. 그러며 장후를 매섭게 노려
보았다.

그러더니 어느 순간 피식 웃었다.

"순간 갈등했다. 너라면 그럴 수도 있겠다는 생각이 들
었어. 대단해, 정말 대단해. 흑검독랑 장후, 나 패존이 인
정하마. 넌 한 시대를 풍미하고도 남을 녀석이야."

"그런데 왜?"

"네 녀석을 지금 살려주면, 십년 후에 맹주를 죽일지도
모르지. 하지만 그 전에 내가 네 손에 죽을지도 모른다는
생각이 들었거든."

장후가 빙긋 웃었다.

"천잰대?"

패존이 오른손을 들어 올려 주먹을 쥐었다. 그의 주먹
위로 묵색 강기가 흘러나와 뭉치기 시작했다.

패존이 입을 열었다.

"머리? 아니면 심장? 골라."

장후가 말했다.

"심장으로 하지."

쉬이이이이익!

패존이 빛살이 되어 장후에게 뻗어나갔다.

동시에 장후는 두 손으로 쥔 검을 마주 뻗었다.

퍼퍼퍼퍼퍼퍼퍽!

패존의 주먹과 장후의 검 끝이 맞부딪쳤다.

다음 순간 장후의 검이 조각조각 갈라지더니 사방으로 튀어 날았고, 패존의 주먹은 당연하다는 듯 계속 앞으로 뻗어나가 장후의 심장부위를 뚫고 등으로 빠져 나갔다.

그 순간 장후의 고개가 뚝 떨어졌다.

패존은 바로 코앞에 있는 장후의 얼굴을 가만히 노려보다가 속삭였다.

"그러게 집마맹에 입맹하지 그랬어. 그랬다면, 흐음, 아니다. 그랬다간 내 자리가 위험했을지도 모르지. 허헛."

그때였다.

갑자기 장후의 고개가 들리더니, 패존의 목을 향했고, 쩍 벌린 입으로 패존의 목을 물어뜯었다.

패존은 머리를 뒤로 뻗어 피하려 했지만, 조금 늦어 손가락 두 개 정도의 살점이 뜯겨나가고 말았다.

"크흑!"

패존은 남은 한 손으로 목을 부여잡았다. 손가락 사이로
핏물이 비집고 나와 줄줄 흘러내렸다.

다행히 치명상은 아니었다.

하지만 순간 아찔할 정도로 위험하기는 했다.

장후의 고개는 다시 뚝 떨어졌고, 입에 살점을 문채 움
직이지 않았다.

패존이 그를 찢어죽일 듯한 눈으로 노려보다가, 어느 순
간 피식 웃었다.

"이래서 심장을 골랐던 거냐? 대단해, 정말 대단해."

패존은 장후를 밀어 가슴에서 팔을 빼내었다.

그리고 허물어지듯 땅바닥에 내려앉은 장후의 시체를
가만히 내려 보다가 말했다.

"살려둘 걸 그랬나? 이 놈이 뭘 할 수 있었을지, 궁금하
군."

때늦은 후회였다.

패존은 미련을 끊고, 휙 몸을 돌려 걸어갔다.

그리고 수풀 너머로 사라져버렸다.

남겨진 장후의 시체 옆, 한이연이 앉아있었다.

"이건 아니잖아? 당신은 여기서 죽을 수 없는 거잖아?"

287

한이연은 이해할 수 없었다.

장후를 제외한 누구도 그녀를 보지 못했다.

패존 같은 절대고수조차 그녀를 인식하지 못했다.

어째서일까?

시공지보의 영향 때문일지도 모른다.

집마제사와 패존은 그들에게서 십여 장 정도 거리를 두고 공중에 둥둥 떠 있는 시공지보 역시 보지 못하고 있었으니까.

'그럼 왜 난 시공지보의 영향을 받고 있는 걸까?'

시공지보에서 빠져 나왔기 때문에?

아니면,

'혹시 이 끈 때문에?'

한이연은 자신의 허리에 묶인 끈을 내려 보았다.

남장후가 묶어준 끈 천리여의조가 은은하게 일곱 가지 빛을 머금고 있음을 볼 수 있었다.

그 빛은 분명 시공지보와 닮아 있었다.

그래. 이 끈이 과거에 동화되지 못하도록 현재에 결속시켜 놓은 거다.

'그런데 장후는 어떻게 나를 느끼고 들을 수 있었지?'

그녀가 수라마보의 전신이라고 짐작한 시마백린상 때문

이지 않을까?

아니면, 그냥 장후이기 때문에?

몰랐다.

알 수가 없었다.

지금 그녀가 알 수 있는 건, 장후가 죽었다는 것뿐이었
다.

장후는 죽지 않아야 한다.

오늘 수라마보를 얻고, 수라천마 장후가 되어 집마맹을
무너트린 후, 남장후로 다시 태어나야 한다.

그래야만 저 시공지보 너머의 현실이 이루어진다.

'뭐가 어떻게 된 거지?'

그때였다.

위이이이이이잉.

시공지보 쪽에서 기이한 소리가 울렸다. 시공지보가 좁
아들고 있었다.

공간의 틈새가 닫히고 있다.

저게 사라지고 나면 돌아갈 수 없다.

한이연은 다급해졌다.

하지만 지금 돌아간다면, 반대편의 세상은 아예 바뀌어
있을 것이다.

어떻게 바뀌어 있을지는 모르지만, 저 너머에 남장후는
없다.

천마재생

아니지.

'남장후가 없다면 이 끈 역시 없어야 하잖아.'

한이연은 현기증을 느꼈다.

뭐가 어떻게 된 건지 모르겠다.

저 반대편의 현실은 변하지 않는다.

변하지 않게 만든 원인이 이 자리에 있을 거다.

'나일 거야. 내가 지금 여기서 뭔가를 한 거야.'

그때였다.

위이이이이잉.

푸른빛의 조각이 둥실 떠올랐다.

바로 시마백린상의 파편이었다.

한이연은 외쳤다.

"저거구나!"

저 파편이 뭔가를 해서 장후를 되살렸을 것이다.

파편은 은하수처럼 빛의 길을 만들어내며 어딘가로 흘러갔다.

집마제사의 시체가 위치한 방향이었다.

한이연은 벌떡 일어나 그리로 푸른빛의 물결을 쫓아 달렸다.

푸른빛의 물결은 집마제사의 심장부위에 내리더니, 뭉쳐 하나의 형태를 이루기 시작했다.

그 모양이 한이연의 눈에는 익숙했다.

"수라마보!"

수라마보의 형태가 이루어지는 순간 주변의 살점이 꿈틀거리며 늘어나 수라마보를 휘감아 갔다.

이제보니 수라마보는 심장을 대신하여 주는 능력이 있었던 모양이었다.

놓아두면 집마제사의 몸에 동화되고 만다.

한이연은 수라마보를 낚아채기 위해 거칠게 손을 뻗었다.

하지만 그녀의 손이 그대로 통과하여 바닥으로 떨어졌다.

한이연은 다시 손을 뻗었다. 아무리 애를 써도 그녀의 손은 수라마보에 닿지 않았다.

유령이 된 듯만 했다.

언젠가 사부가 죽기 전 날, 잉어를 잡아 어죽을 만들어 주겠다고 강의 얼음을 깨고 두 팔을 집어넣어 휘저었던 때가 다시 떠올랐다.

아무것도 하지 못하고 소중한 사람을 잃었던 그 날이 반복된다는 절망감에 눈물이 흘러내렸다.

그 사이 시공지보는 반으로 줄어들어 있었다.

더 시간을 끌었다가는 돌아갈 수가 없다.

순간, 한이연은 뚝 몸을 굳혔다.

"그래. 이거였구나."

291

그러며 고개를 내려 자신의 허리에 묶인 천리여의조를 내려 보았다.

한이연은 환하게 웃으며, 천리여의조의 매듭에 손가락을 가져다댔다. 그녀의 손가락이 덜덜 떨렸다.

"괜찮아. 난 괜찮아. 다 괜찮아."

그녀는 그렇게 속삭이며 천리여의조를 풀어냈다.

그리고 바로 수라마보를 향해 손을 뻗었다.

매만져진다.

한이연은 수라마보를 움켜쥐고 중얼거렸다.

"괜찮아. 괜찮아. 이걸로 다 된 거야."

그녀는 그러며 벌떡 일어나, 장후의 시체 쪽으로 걸어 갔다.

그 뒤편으로 보이는 시공지보는 어느새 주먹만 한 크기로 좁아져 있었다.

第七十章.

안녕, 장후소년?

天魔再生

第七十章.

안녕, 장후소년?

그 날.

얼음을 깨고 시린 강물 속에 손을 넣었던 날.

만약 잉어를 잡아서 어죽을 끓이겠다던 한이연이라는 자그마한 계집아이는 이렇게 생각했었다.

사부님께서 어죽을 잡수시면 벌떡 일어날 거야.

왜 그랬을까?

한이연이라는 계집아이가 할 수 있는 게 그것 밖에 없어서였다.

마치 기적처럼 사부님이 일어날 수 있을 거라고 믿고 싶었다.

그래, 기적을 바랐다.

하지만 한이연이라는 계집아이는 잉어를 잡지 못했고, 사부님은 다음 날 돌아가셨다.

그 후로 이따금 한이연은 생각했다.

잉어를 잡았다면 정말 사부님의 병이 나았을지도 몰라. 그러니 그때 난 무슨 일이 있어도 잉어를 잡았어야 했어.

스스로 생각해도 말도 안 되었다.

백년 쯤 묶은 영물이 아니고서야, 잉어 따위를 먹었다고 쾌차할리 없으니까.

그래도 한이연은 그런 생각을 지울 수가 없었다.

그리고 다짐했다.

그때처럼 후회할 일을 남기지 말자고.

'후회하지 않아. 그러니까 다 괜찮아.'

수라마보를 움켜쥐고 장후의 시체를 향해 다가가며 한이연은 계속 속삭였다.

"괜찮아, 괜찮아. 다 괜찮아."

장후의 뒤쪽, 허공중에 떠있는 시공지보는 이제 거의 머리만한 크기로 줄어들어 있었다.

몸을 구겨 넣는다고 해도 들어갈 수가 없다.

이미 늦어버린 거다.

돌아갈 수가 없다.

이곳에 남겨지고만 거다.

아무도 없는 이 세상에 홀로…….

한이연은 속삭였다.

"그래도 괜찮아."

그녀는 고개를 숙여 장후를 내려 보았다. 그리고 빙긋
웃었다.

무릎을 꿇고 앉은 그녀는 자신의 손에 들린 수라마보를
조심스럽게 장후의 심장이 있던 부위에 내려놓았다.

그 순간, 수라마보가 푸른빛을 안개처럼 사방에 뿌려댔
고, 장후의 심장 주변에 있는 육질이 부풀어 올라 수라마
보를 휘감았다.

둥글게 뚫려 있던 심장부위에서 새살이 거품처럼 솟아
올라 빈곳을 채워갔다.

전신 곳곳에 새겨져 있던 상처 부위에서도 새살이 돋아
나고 있었다.

더불어 하얗던 장후의 안색이 붉어지고 있었다.

살아나고 있다.

"으으으으음."

장후의 입에서 낮은 신음과 함께 숨소리가 흘러나왔다.

한이연은 손을 뻗어 장후의 머리를 쓰다듬었다.

"언제나 하고 이 말을 하고 싶었어. 미안했어. 그리고 고
마워. 너를 만나고 너를 알아온 시간이 내겐 너무나 소중하
고 행복했어. 너를 생각하며 지냈던 시간도 외롭지만 행복
했어. 넌 내게 행복이야. 그러니까 너를 잃을 수가 없어. 넌

천마
재생

앞으로도 계속 힘들겠지. 고통스러울 거야. 하지만 꼭 견뎌 줘. 나를 다시 만날 때까지. 그리고 내 말을 믿어줘. 넌 행복해질 거야. 나에게 행복을 나누어주어도 충분할 만큼, 많이많이 행복해질 거야."

장후의 입이 벌어졌다.

"너……, 누구……지?"

한이연은 자신의 이름을 말하려다 말고, 입을 다물더니 방긋 웃으며 말했다.

"사고뭉치 선녀."

그러며 한이연은 벌떡 일어섰다. 그리고 시공지보가 있던 곳으로 천천히 시선을 돌렸다.

그 사이에도 줄어든 시공지보는 거의 주먹 만해져 있었다.

한이연은 서글픈 미소를 지으며 속삭였다.

"안녕, 장후 소년."

시공지보는 계속 줄어져 사라졌고, 걸려 있던 끈, 천리여의조는 잘려 바닥에 뚝 떨어졌다.

두 사람을 묶었던 인연의 끈은 그렇게 잘려 나갔다.

한이연은 지그시 눈을 감았다.

그리고 천천히 발을 내딛었다.

"어디로 갈까?"

갈 곳은 이미 정해져 있었다.

창리현.

그녀의 삶에서 가장 행복했던 장소.

이 세상에는 그녀를 기다리는 사람은 없었다.

대신 기다리면 되었다.

몇 년 쯤 후에 태어난 남부인을.

그리고 앞으로 힘겨운 여정을 보낸 후, 다시 태어날 남
장후를……

"그러니까 괜찮아."

한이연은 그렇게 속삭이며 걸음을 이어갔다.

†

툭.

시공지보가 닫혔다.

동시에 천리여의조가 끊어져 바닥에 내려앉았다.

남장후는 그 광경을 가만히 지켜보기만 했다.

그는 이렇게 될 줄 이미 알고 있었다.

현재는 과거의 결과였다.

그러니 한이연이 돌아왔다면, 지금은 있을 수가 없었다.

'그럼에도 왜 난 천리여의조를 주었을까?'

남장후는 끊어진 줄, 천리여의조에게서 시선을 떼지 못
했다.

천마
재생

그 어떤 명검으로도 베어낼 수 없다는 천리여의조이건만, 깨끗하게 잘려 있었다.

그 단면을 보고 있으니, 남장후는 속이 끓어오른 것만 같았다.

왜 화가 나는 건지 모르겠다.

그저 화가 났다.

견딜 수가 없을 정도였다.

그래, 지금 이 자리에 없는 한이연에게 화가 났다.

남장후의 입이 스르르 벌어졌다.

"바보냐, 너는."

한이연은 왜 과거에 남는 걸 선택을 한 걸까?

도무지 이해할 수가 없었다.

남장후는 갑자기 손을 품에 넣어 낡은 서찰 한 통을 꺼냈다.

천기지보에서 천리여의조를 꺼낼 때 같이 튀어 나왔던, 할머니의 편지라고 했던 그 서찰이었다.

서찰을 노려보며 속삭였다.

"네가 그런 선택을 한 이유가 여기 적혀 있겠지."

그러며 손가락을 그어 편지의 한쪽 끝을 잘라내기 시작했다.

반년 쯤 전인가?

남부인이 집안을 정리하다가 낡은 편지 한 통을 찾아

냈다.

그녀는 '시어머니께서 돌아가시기 직전에 네가 태어나한 스무 살이 되면 전해달라며 남기신 편지란다. 이게 여기 있었네.' 라고 말하며 남장후의 손에 안겨 주었다.

하지만 남장후는 반년이 지나도록 뜯어보지 않았다. 그저 천기지보에 넣어두고 잊으려 했다.

하지만 잊을 수가 없었다.

자신의 친조모가 바로 한이연임을 알고 있었으니까.

그리고 언젠가 시공지보를 통해 과거로 넘어가 전생의 자신이 죽어갈 때 수라마보를 내어주고 홀연히 떠나버릴 것임을 알고 있었으니까.

이 편지는 언젠가의 그 날에, 이제는 바로 조금 전에 한이연이 어째서 과거에 남기로 결정했는지를 알려주는 단서이자, 고백일 테니까.

그러니 궁금했지만, 열어 읽을 수는 없었다.

하지만 이제는 읽을 수 있다.

아니, 지금 읽어야 한다.

남장후는 열린 봉투 안에서 담겨 있는 종이를 조심스레 꺼냈다. 그답지 않게 종이를 집은 손가락이 가늘게 떨리고 있었다.

종이에 적힌 글귀는 이렇게 시작되고 있었다.

〈우리는 대체 어떤 인연의 끈으로 묶인 걸까?〉

〈우리는 대체 어떤 인연의 끈으로 묶인 걸까?

그 끈을 눈으로 볼 수 있다면 아마도 괴상하리만치 기묘하게 꼬여 있지 않을까?

수십 년을 노력해야 겨우 풀어낼 수도 있을 만큼.

그게 너와 나의 인연이지 않을까 싶어.

지금 창밖에는 복사꽃이 만발하단다.

이곳에 앉아 저 꽃이 내게 인사를 하며 반겨주는 걸 본 횟수도 수십 번은 되고 말았네.

그만큼 많은 세월이 흘렀어.

아, 너에게 그 날이 조금 전일지 아니면, 며칠 전일지는 모르겠네.

내가 지나온 많은 세월동안 그날을 돌이켜 볼 시간은 충분했어.

한때는 거의 매일 그날을 떠올렸지.

처음에는 궁금해서였어.

그때 내가 돌아갔다면 어떻게 되었을까?

미래는 바뀌었을까?

그보다는 돌아갈 수는 있었을까?

그런 질문을 하다보면 밤을 꼬박 새던 적도 잦았지.

하지만 지금은 아니야.

언젠가부터 깨닫게 되었거든.

난 결코 돌아가지 않았을 거라고.

왜냐면, 나의 삶은 행복했기 때문이야.

너를 통해서, 그리고 너를 알면서, 그리고 너를 떠나며, 지내온 모든 순간이 내겐 행복했어.

그리고 몇 년 후에 태어날 너를 기다림도 행복하단다.

그러니 알아주었으면 해.

난 너와 묶였던 인연의 끈을 풀어버린 게 아니야.

더욱 단단히 매듭지려 그런 것뿐이야.

이 순간 문득 궁금해져.

넌 슬퍼하고 있을까?

아니면 내가 멍청하다며 비웃고 있을까?

둘 다이겠지, 아마.

그럼 이만 안녕 내 첫사랑.

그리고 반가워, 내 사랑스러운 손자.

또 다른 인연의 끈이 우리를 묶을 때까지 안녕, 장후 소년.〉

†

남장후는 지그시 눈을 감았다.

그러며 편지를 든 손은 천천히 내렸다. 그의 남은 한 손은

303

아직도 천리여의조가 쥐고 있었다.

끊어진 반대쪽 끝은 누구도 쥐지 않고 덩그러니 놓여 있지만, 남장후는 손아귀를 풀지 않았다.

다시 한이연이 나타나 그 끝을 잡고 베실베실 웃어댈 것만 같아서였다.

그러면 묻고 싶었다.

'왜 나를 그렇게 사랑했지?'

이해할 수가 없었다.

남장후는 그의 할머니가 평생 수절을 하며 살았다고 들었다. 일찍 부모를 여읜 아버지를 데리고 와서 아들로 삼고 키워주었다고 했다.

그러니 한이연은 평생 남장후 만을 위해 살아왔던 것이나 다름없었다.

'대체 왜?'

왜 그렇게 멍청하게 살았던 걸까?

미래를 알고 있으니, 원한다면 엄청난 재산과 권력을 쌓을 수 있었을 텐데…….

남장후가 낮게 속삭였다.

"미안하고 고마운 건 네가 아니라, 나야."

한이연에게 들을 말이 아니다.

바로 내가, 너에게 꼭 해줘야 했던 말이었다.

후회가 된다.

그때였다.

"안녕하세요?"

남장후는 감았던 눈을 천천히 벌렸다.

지금까지 미동조차 하지 않고 숨만 쉬고 있던 무리, 호풍위 안에서 들려온 목소리였다.

"개문."

호풍위가 양측으로 갈라섰고, 그 사이로 풍희정이 모습을 드러냈다.

풍희정이 천천히 걸어 나오며 조심스레 말했다.

"저, 기억하세요?"

남장후는 입술을 벌렸다.

"천형을 벗어난 천혜절맥은 그 누구와도 비견할 수 없는 지혜를 얻는다고 알았는데, 아니었나?"

풍희정이 활짝 웃으며 말했다.

"맞아요. 천형을 벗어냈어요. 제가 천형을 벗어나면, 곁에 두시겠다고 약속하시었죠? 그것도 기억나시나요?"

남장후는 눈살을 살짝 찌푸렸다.

"지혜로운지는 모르지만, 눈치는 없다는 건 알겠구나. 좋아. 나와 대화를 하고 싶은 듯하니, 묻지. 여기에 나타난 이유가 뭐지? 시공지보가 탐이 나서는 아닌 것 같은데?"

풍희정은 빙긋 웃었다.

그러더니, 발을 내딛어 걸어갔다. 바로 시공지보가 있던 방향이었다.

대체 뭘 하려는 걸까?

풍희정은 시공지보가 떠 있던 자리에 멈추더니 상체를 숙여 뭔가를 집어 들었다.

한이연을 묶었던 끈, 천리여의조였다.

풍희정은 굳게 쥐며 말했다.

"전 이걸 가지러 온 거예요."

그러며 소중하다는 듯이 양손으로 굳게 붙들고 가슴에 품었다.

반대편 쪽은 아직도 남장후가 굳게 쥐고 있었다.

남장후는 짜증난다는 듯이 사납게 말했다.

"네 어리광을 받아줄 기분이 아니다."

그러며 휙 몸을 돌렸다. 하지만 한 걸음을 내딛지 못하고, 남장후의 발은 멎었다. 뒤이어 그의 눈이 찢어질 듯이 크게 벌어졌다.

풍희정이 방금 작게, 혼자만이 들을 수 있을 정도로 작은 목소리로 속삭인 말 때문이었다.

남장후는 천천히 몸을 돌려 풍희정을 바라보았다.

그리고 떨리는 목소리로 물었다.

"방금, 뭐라고 했지?"

풍희정은 부끄럽다는 듯 고개를 푹 숙였다. 그리고 가슴에 품었던 천리여의조를 내려 자신의 허리에 두르고, 굳고 단단히 매듭지었다.

그래도 안심이 안 되는지, 매듭을 이리저리 잡아당겨 점검해 본 후에야 고개를 들어올렸다.

남장후와 시선이 맞닿는 순간 풍희정은 환하게 웃었다.

그제서야 조금 전 자신이 속삭여 남장후를 놀라게 했던 말을 되풀이 했다.

"안녕, 장후 소년?"

남장후는 그저 멍하니 풍희정을 바라만 보았다.

풍희정의 미소가 더욱 커졌다. 그러며 자신의 허리를 묶은 천리여의조를 가리키며 말했다.

"이젠 안 풀리겠다. 그쵸?"

†

현재란 언제나 과정이다.

과거를 미래로 연결하는 고리이며, 계단이다.

그러니 과거를 어떻게 이용하고, 현재를 어떻게 살아가는가에 따라, 미래를 예견할 수 있다.

그것이 대부분의 권력자가 살아가고 추구하는 가치관에 가까웠다.

그렇기에 대부분의 사람들은 그런 권력자의 가치관과

사고방식을 모사하거나 배우려 한다.

그렇게 하는 것이 미래에 새로운 권력자로 자리 잡을 수 있는 지름길이라고 여기기 때문이다.

하지만 그거야말로 어리석은 짓이다.

권력자는 이미 현재를 차지한 이들이다. 그러니 그들은 이미 미래를 준비하고 있고, 미래를 차지할 계획을 마련해 두고 있는 이들이다.

그들과 같은 생각을 하고 같은 방식을 추구하면, 무슨 수로 그들을 이길 수 있다는 걸까?

그러니 같지만 다르게 사고하여야 한다.

과거를 샅샅이 살피고, 현재를 이용하여, 미래를 예견한다.

거기까지는 같다.

다만, 미래를 보다 세밀하게 파악해내야 한다.

현실에 가깝도록 말이다.

미래는 어느 순간, 찰나일지도 모르지만, 모든 사람에게 동일한 출발선에 서도록 만드는 시기를 만든다.

그 순간을 가장 확실하게 예측하고 잡아채는 자가 미래를 차지한다.

나아가 그 순간을 의도적으로 만들거나 없애버릴 수가 있다면?

그게 가능한 사람이 있다면?

세상은 그 사람의 것이다.

그게 가능했던 사람이 바로 수라천마 장후였고, 남장후이다.

남장후는 과거를 통해 현재를 살피며, 현재의 움직임을 읽고 미래를 예측함으로써, 자신의 개입할 시기와 순간을 확실히 낚아채왔다.

그렇기에 그의 삶에 변수란 있을 수가 없었다.

용납지 않았다.

세상은 그가 예측한 대로 나아가야 했다.

만약 예측치 못한 변수로 인해 틀어지거나 우회할 경우, 그는 막강한 무력과 계략으로 변수를 지워버렸다.

그러니 남장후는 놀랄 일이 거의 없었다.

눈앞에 벌어지는 모든 일이 그에게는 대부분 고려해두었던 결과 중의 하나일 뿐이니까.

굳이 따지면 태어난 이래 단 두 차례에 불과했다.

첫 번째는 남장후로 태어났던 그 순간이었다.

노구의 몸에서 갓난아이로 변해있는 자신의 모습이 충격적이지 않을 수 없었다.

그리고 두 번째는 삼년 전, 과거 자신에게 수라마보를 주었던 정체를 알 수 없는 신비한 여인이 바로 한이연 임을 깨달았던 순간이었다.

그 두 경우는 아무리 남장후라고 해도 예측할 수 없는 게 당연했다.

그 누구라도 예측할 수 없었을 것이다.

그저 운명이고, 하늘의 뜻이라고 여길 수밖에 없는 불가사의한 일이니까.

하지만 남장후는 자신이 무언가에 의해 농락당했다는 기분을 느꼈다.

삶의 주체가 자신이 아니라, 뭔가에 의해 의도된 것이라면 그건 괴롭고 슬픈 일이었다.

그렇기에 남장후는 결심했었다.

현재가 하늘의 뜻이라고 치자.

그리고 운명이라고 여기자.

하지만 여기까지이다.

더는 용납지 않겠다.

그게 아무리 하늘, 이 세상을 유지하는 근원의 의지라고 할지라도!

하지만 그런 남장후의 결심을 가소롭다는 듯이 비웃기라도 하는 듯이, 태어나 세 번째로 경악할 만한 일이 벌어졌다.

남장후는 환하게 웃고 있는 풍희정에게서 눈을 뗄 수가 없었다.

짧은 시간동안 수많은 생각이 남장후의 머리 안에서 엮였다가 끊어지고, 겹쳤다가 부서지기를 반복했다.

그럼으로써 눈앞의 결과물이 어떠한 원인과 과정을 거쳐서 만들어진 것인지를 분석해내려 했다.

하지만, 그 어떤 것도 단서가 되지 않았다.

그저 하늘에서 뚝 떨어진 듯만 하다.

남장후의 입이 벌어졌다.

"뭐냐."

차갑고 냉정한 한 마디.

그 순간 풍희정의 얼굴이 딱딱하게 굳었다.

남장후는 손에 굳게 쥐고 있던 천리여의조를 던져버리고 그녀를 향해 걸음을 옮겼다.

"너, 대체 뭐냐."

풍희정이 놀랐는지 눈을 휘둥그레 떴다. 남장후가 던져버린 천리여의조를 향해 눈동자를 돌리더니, 당장 울 것같이 입을 우물거렸다.

"나, 나는 요."

남장후가 계속 그녀를 향해 걸음을 옮겼다.

"말하라. 알아들을 수 있도록 자세하게! 날 농락할 생각이라면 용서치 않겠다."

풍희정이 바들바들 떨었다.

"저, 저는 몰라요. 저는 그냥 당신을 보러……."

"그럼 넌 한이연이 아닌 거냐?"

"몰라요. 저는, 저는……."

311

우우우우우우웅.

남장후의 전신에서 푸른 빛살이 뿜어져 나와 불꽃처럼 일렁였다. 동시에 그가 내딛는 발이 닿는 자리마다 땅이 갈라지고 무너져 내렸다.

"확실히 말하라! 그럼 너는 뭐냐!"

풍희정은 놀라 입만 뻐끔거렸다.

그 순간 떨어져 있던 호풍위가 일제히 날아와 한이연의 앞을 가로막고 섰다.

그들은 일제히 무기를 꺼내들고 남장후를 겨냥했다.

"무, 물러서시오!"

"진정하시오!"

호풍위들을 일제히 외쳐댔지만, 남장후는 그들이 보이지 않는다는 듯 계속 발을 내딛었다.

하기에 호풍위들은 안 되겠다 싶은지, 눈짓을 보냈다.

그러자 호풍위가 두 개의 열로 나뉘었다.

첫 번째 열은 남장후를 막아 시간을 끌고, 뒤의 열은 풍희정을 이끌고 자리를 벗어나려는 의도였다.

그때 남장후의 미간이 번쩍 빛을 뿜었다.

그러자 호풍위들이 일제히 떠올라 사방으로 날아갔다.

남장후의 앞쪽에는 다시 풍희정만이 남게 되었다.

남장후가 계속 걸음을 옮기며 외치듯 말했다.

"말하라지 않느냐! 넌 한이연인 게냐!"

풍희정은 고개를 저었다.

"그러니까 저는, 삼 년 전에 제석지보를 얻어서, 제석지
보에 깃든 뇌령(雷靈)의 힘을……."

그 사이 남장후는 풍희정의 앞에 이르렀다.

"묻지 않느냐! 넌 한이연이 맞느냐, 아니냐!"

풍희정은 그를 올려보며 속삭이듯 말했다.

"맞기도 하고, 아니기도 해요."

남장후는 당장이라도 부수어 버리겠다는 듯이 매서운
눈으로 그녀를 내려 보며 낮게 목소리를 깔았다.

"정확히 말하라지 않느냐. 맞느냐, 아니냐."

풍희정이 그의 눈을 똑바로 마주보며 침을 꿀꺽 삼켰다.

그런 후, 결심한 듯이 단호히 말했다.

"맞아요. 하지만 아니기도 해요. 저는 풍희정이니까요.
그리고 저는 당신과 검패를 해도 서른여섯 판이나 내리 지
지 않아요."

그러며 야속하다 듯이 말을 이었다.

"당신이 왜 이렇게 화가 났는지 모르겠어요. 저는 당신
이 기뻐할 줄 알았어요. 칭찬해 줄지 알았다고요. 저는, 저
는 당신이 이렇게 기분 나쁠지 정말 몰랐어요. 정말, 정말,
몰랐어요."

그녀의 두 눈에 참았던 눈물이 흘러나와 구슬처럼 맺히
고 있었다.

그러자 남장후가 두 손을 뻗었다.

풍희정은 순간 움찔했지만, 그의 손을 피하지 않았다.

남장후의 두 손은 그녀를 볼을 지나쳐 뒤로 나아갔다. 그리고 굽혀졌다.

한쪽 손은 머리를 감싸고, 다른 한 손은 등을 휘감는다.

그리고 품으로 끌어당겼다.

놀라는 풍희정의 귓가에 남장후의 속삭임이 흘러들었다.

"놀란 건 잠시였다. 화가 난 건, 미안해서였다. 너무 미안해서 화가 났다."

잠시 끊어졌던 남장후의 속삭임이 다시 이어진다.

"그리고 고마워서 화가 났다. 그리고 미안하고 고마운데도 화만 내고 있는 나 때문에 화가 났다."

남장후는 더욱 풍희정을 끌어안았다.

그러자 풍희정이 입가에 다시 환한 미소가 떠올랐다. 그녀 역시 손을 들어 남장후를 마주 안았다.

"괜찮아요. 다 괜찮아요. 이제 뭐든 괜찮아요."

그녀는 그렇게 속삭이며, 남장후의 등을 가볍게 토닥였다.

잠시 두 사람은 그렇게 안고만 있었다.

어느 순간, 남장후는 팔을 풀고 풍희정을 얼굴을 바라보았다. 그리고 손을 뻗어 풍희정의 허리에 묶인 천리여의조를 가볍게 잘라냈다.

풍희정은 의미를 알 수가 없어 떨어진 천리여의조와 남장후의 얼굴을 번갈아보았다.

남장후가 지금까지 보인 적 없는 부드러운 눈길로 그녀를 마주 대하며 손을 내밀었다.

"잡아라."

풍희정은 조심스레 손을 내밀어 그의 손 위에 포갰다.

남장후는 손아귀를 좁혀 굳게 그녀의 손을 붙잡았다.

"네가 놓도록 내버려두지 않겠다. 다시는."

풍희정은 남은 손까지 올려 남장후의 손을 굳게 쥐었다.

"안 놓을 거예요, 다시는."

두 사람은 서로에게서 시선을 떼지 않았다.

다른 것 따위는 아무것도 보이지 않는다는 듯이……

어느 순간, 남장후가 마침 생각났다는 듯 말했다.

"아, 그렇다고 혼인을 하자는 말은 아니야."

풍희정이 눈이 휘둥그레졌다.

"네?"

남장후는 휙 몸을 돌렸다.

"가자꾸나."

풍희정이 그의 등을 향해 물었다.

"왜요? 왜 아닌데요? 지금 분위기는 아닌 게 아니었잖아요?"

남장후는 말없이 걸었고, 풍희정은 총총 걸음으로 그 옆

천마재생

을 따라 붙으며 물었다.

"제가 어려서요? 저 벌써 열여섯인데요? 오라버니도 스물이 되었잖아요. 충분히 혼인할 나이이지 않아요? 혹시 어머님 때문인가요? 제가 잘 모실게요. 아시잖아요. 저를 무척 좋아하실 거예요. 아, 설마? 다른 여자가 있는 거예요? 그건 아니죠? 네? 네?"

†

"당연히 있지. 있다마다."

여인은 그렇게 말하며 씩 웃었다.

그녀를 둘러싸듯이 서 있던 사내들은 빙긋 웃었다.

그럼 있겠지.

이렇게 예쁘게 생긴 계집에게 남자가 없겠어?

하지만 이 계집에게 남자가 있고 없고가 중요한 게 아니잖아.

지금 이 계집 옆에 붙어 있느냐, 없느냐가 중요하지.

물론 붙어있다고 해도 없애버리면 그 뿐이고.

언제나 그렇듯이 말이지.

충주사견(忠州四犬)은 그런 생각을 하며 비어있는 자리에 걸터앉았다.

협륜문의 개파대전을 직접 보기 위해 가던 중, 잠시 쉬러 들른 허름한 객잔에서 이런 보물을 건지다니!

여인은 그들이 한심하다는 듯이 짧은 한숨을 내쉴 뿐이었다.

충주사견 중 맏이인 일견이 비열한 미소를 머금고 말했다.

"이토록 아리따운 여인이 홀로 다니도록 내버려두다니. 그 남자, 누군지 모르지만 못된 놈이구만."

여인이 크게 고개를 끄덕였다.

"그렇지. 아주 못 됐지. 천하제일의 악당이야."

그러며 쓸쓸한 눈으로 술잔을 내려 보았다.

일견이 크게 웃었다.

"하하하핫. 무려 천하제일 악당씩이나 된다? 그러면 안 되지. 아가씨, 내가 처치해 줄까?"

여인이 가소롭다는 듯이 피식 웃었다.

"그럴 수 있다면 해봐. 안 말려."

이견이 물었다.

"그런데 낭자, 함자가 어떻게 되시오?"

여인이 콧방귀를 뀌었다.

"이제 와서 통설명하자고? 성별과 용모가 중요하지, 이름 같은 거 별로 따지는 편들은 아닌 것 같은데?"

삼견이 어깨를 으쓱하며 말했다.

"나는 용모하고 벗긴 몸만 따지는데, 우리 형님께서는

317

연애의 과정을 중시여기는 편이라."

"연애? 아! 지금 이 작태가 연애를 하자는 거였어? 너희 연애는 해봤니?"

그러며 여인은 어이없다는 듯 머리를 절레절레 흔들었다.

그러자 사견이 얼굴을 잔뜩 구기며, 주먹을 쥐어 탁자를 쾅 하고 내리 찍었다.

"이봐, 아가씨! 우리 둘째 형님이 물었잖아! 이름이 뭐냐니까!"

여인이 활짝 웃으며 사견을 바라보았다.

"하. 소. 인."

그러며 술잔을 내려놓더니, 몸을 일으키려 했다.

"자, 이제부터 누나가 너희를……."

그때였다.

"이 놈들! 백주대낮에 이게 무슨 짓이냐!"

충주사견의 고개가 목소리가 들린 방향으로 휙 돌아갔다.

이제 열예닐곱 쯤으로 보이는 소년이 그들이 있는 자리를 향해 다가오고 있었다.

하소인은 눈살을 찌푸렸다.

"저건 또 뭐야."

소년은 하소인의 옆까지 다가와 서더니, 충주사견을 노려보며 말했다.

"아가씨, 안심하십시오."

충주사견 중 일견이 소년을 꼬나보며 물었다.

"꼬맹아, 다치기 전에 꺼질래? 다치고 나서 꺼질래?"

소년이 당당히 어깨를 펴고 단호한 표정으로 말했다.

"꼬맹이가 아니다. 덤벼라. 제협회 외전 군협단 오자조 조원, 재경! 제협의 이름으로 너희의 만행을 용서치 않는다."

옛 이야기 속에 나오는 협객이나 할 만한 간지러운 말이었다.

아니면, 세상 물정 모르는 치기어린 소년이라던가.

하소인은 재경의 옆얼굴을 바라보며 피식 웃었다.

"어쨌든 간에 귀여운 녀석이네."

〈8권에서 계속〉

319